通往舍卫之路

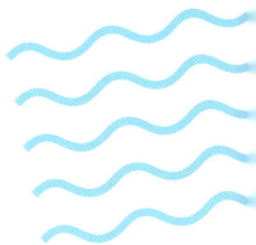

孙玲华 著

通往舍卫之路不是一条容易的道路
有时候以为走近了，其实还很远，很长
那些磨难和痛苦不过是
成长、孕育和生产过程中
所必需经历和承受的一切

作家出版社

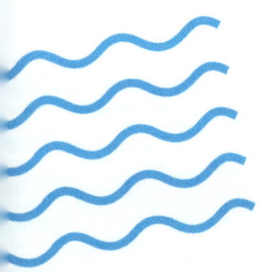

　　孙玲华，女，中国国籍，祖籍浙江舟山，1967 年 12 月生于江苏南京。南京外国语学校法语班、北京外国语学院法语系（本科）、北外联合国译员培训班（研究生）毕业。2001 年 至 2003 年，在法国国家行政学院（ENA）学习，获公共管理学硕士学位。曾在中国外交部翻译室工作，历任高级翻译、首席法语翻译。2004 年入职联合国，为联合国纽约总部高级同声翻译，中国籍终身雇员。2007 至 2008 年，参加过联合国非洲刚果（金）维和团。2020 年 9 月因病在纽约辞世。

序

一转眼，与玲华的结识已近三十年了，可她如飞蓬，随风飘荡于天地之间，似乎很少长久地着落于某一地方，而我则如蜗牛，年复一年地蛰居于斗室之中，真如井底之蛙，从来不见天地有多大。正因如此，作为老友的我们这几十年来竟很少见面，更少谈心，只靠相互的直感与说不清的缘分维系着一种友情与亲情。我只知她纯朴善良，外柔内刚，既有冷静的智慧，又有火热的激情，至于她曲折而艰难的人生之路，细腻而丰富的内心世界，尤其是她孤独而高洁的灵魂，直到最近读了她从美国发给我们的书稿《通往舍卫之路》，才有了真切而详实的认识。

《通往舍卫之路》是一本关于旅行感悟的书，是人生体验和灵魂之旅的记录。可以说是她浓缩的一生。

这是一本现代版的《西游记》，只不过主人公从唐代的高僧变成一个俗世的弱女子。试想，一个生活在二十世纪中国内地城市中的女子竟然孤身前往西藏阿里地区的冈仁波齐去转神山，其间要经历多少环境的险恶、旅途的困顿与人事的凶险？她转了神山，游了圣湖，还循着玄奘的足迹到访了佛陀在舍卫城讲《金刚经》的祇树给孤独园，佛的入灭地拘尸那迦与出生地蓝毗尼，还到了有"西天灵山"之称的灵鹫山，以及三藏法师留学过的那烂陀遗址等地。

要是她没有超凡的梦想和精神力量，怎能战胜一个个令人难以想象的困难险阻？要不是她内心渴望神圣又充满神圣，她怎能去得了这些圣地，且在圣地突然恍惚间回到了两千五百年前佛陀讲说《金刚经》的时代？

作为联合国总部的工作人员，她还主动加入了维和团，在政局动荡、杀机四伏的刚果（金）度过了十五个月难忘的日子，这是何等的勇气？在新藏线的无人区中，面对色狼司机的骚扰，孤身一人的她却能沉着应对，并机智地转移并打消了司机的不轨欲念，这又是何等的智慧？在藏北无人区车上遇险，因跳车摔断了踝骨，在没有止痛消炎药物和医疗器材的情况下，靠同车的军医和兽医复位，并用缝衣针缝上了伤口，在拥挤的车上还熬了三天三夜才到达拉萨住进医院，这是何等的毅力？

然而，每到凶险的地方，总能化凶为吉，每到危急的时刻，总能转危为安，每到无助的时候，总会有人热情相助，这不正是她那颗至善之心的回报？如果说小说的《西游记》因以神话的面目出现，使人对西天取经之艰难在心灵上造成的震撼反而有所减弱，唐代慧立法师写的《大唐慈恩寺：玄奘法师传》使人对玄奘法师的大智大勇与大仁却有更多的感触与更深的震撼。但因法师不是俗人，时间距我们已过了一千三百多年，现代人读起来，这种震撼感也会有所消减。而玲华写的这本《通往舍卫之路》，因为发生在现代，是和我们一样的凡人记述她亲身经历的故事，这种平常中的不平常对于当代读者来说自有一种特殊的撼人心魄的力量。读一读这样的书，自能得到灵魂的洗礼与升华。

这几天刚读完书稿，下午要与妻一道朝武当山，仓促中记下读此书后的一点感受，算作对玲华以生命与心血写成这本小书的庆贺与礼赞。

余小华

2015 年 5 月 1 日于中和堂

目录

引子
001

第一章
如梦如幻，我的舍卫城
003

一、众里寻他千百度
007

二、祇树给孤独园的一个上午
016

三、小城故事多
026

四、尘封的历史
033

五、从唐僧到玄奘有多远?
039

六、穿越语词的密林
046

七、灯火阑珊处的世界
056

第二章
困顿的风筝
065

第三章

永远的冈仁波齐

085

一、早安，拉萨！

089

二、快乐的大篷车队

098

三、古格探幽

107

四、卓玛拉的经幡

116

五、走出西藏

128

第四章

藏北遇险记

143

一、有惊无险走川藏

146

二、丁青蒙难记

155

三、拉萨八日

163

四、告别拐棍

166

第五章

漫漫舍卫路

175

后记

199

引子

　　回忆童年，会想起南方的冬天，长江边上的六朝古都，一间有些空荡的屋子，寒冷潮湿渗透房间每一个角落。屋子一角有一只煤球炉，微微地散着热气，压在上面的水壶滋滋地发出响声。她穿着母亲做的厚厚的棉衣棉裤，好像穿着宇航服的宇航员，笨重地挪动着胳膊和腿，慢慢地爬上一只方凳，站到窗台前。

　　屋檐上倒挂着冰柱。她想象如何把它掰下一截，放到嘴里，好像夏天吃冰棍一般。她又用手指在窗玻璃上东一横西一竖地乱画，指尖感到冰冷，但她兴致不减，一直看着那些涂鸦一点、一点地消失。

　　将近中午时分，太阳照进屋子里，整个房间在瞬间变得通透明亮。她睁大眼睛，着迷地注视着光线在房间里缓慢地移动，折射出五颜六色的光芒。

　　母亲说，有一次，她还只有几个月大，天冷，她往被子里缩，蹬呀蹬呀，整个头都蒙了进去，被厚厚的被子罩住。帮带孩子的阿姨没有及时发现，幸亏母亲凑巧提前下班，及时到家。她的脸已经被憋得通红，只差一点就晚了。

生命从来到这个世界上开始，就是在很多的差一点中间过去或者没有过去。法国作家纪德写过一本书，书名是《如果种子不死》。如果能够借用他的书名，那么，我们的生命里就有一些种子，我们可能根本不知道它们何时种下，或者在哪一朝哪一世种下。但是，只要种子不死，有一天它就会生根、发芽、开花、结果，走过春夏秋冬，在轮回中长大、衰老、消失、变成新的种子，随风飘游，浪迹天涯。

有一个转山者，绕着冈仁波齐峰走了一整天，在傍晚的时候来到最高的山口卓玛拉。晚霞映红了天空，一阵风吹过来，掀起经幡，一片又一片，一排又一排，哗，哗，好像万千晚祷的钟声一起敲响，在空中回荡。在那一刻，她的心快乐地飞出去，变成一粒自由的种子，在天空中旋转、飞翔，率性、尽情、自由，向着远方飞去。

十三世纪印度苏菲派诗人 Amir Khusrau 在诗中写道：

> 这是每个个体的勇气，
>
> 这是每次飞翔的力量；
>
> 有些人飞过然后停留在花园里，
>
> 有些人走到比星星还远的地方。①

每一次的放飞，每一趟旅行，不论是高，是低，是远，是近，留下的记忆都是难忘的，甚至刻骨铭心，如同影子伴随一生。

---

① 原句英译为：It is the courage of each, it is the power of flight, Some fly and remain in the garden, some go beyond the stars.

第一章

如梦如幻，我的舍卫城

一切有为法，　如梦幻泡影，
如露亦如电，　应作如是观。

《金刚般若波罗蜜经》
后秦·鸠摩罗什　译

1995 年夏天，我用了四天的时间坐火车从北京来到青海的格尔木，又坐了四十小时撒拉人经营的沙丁鱼罐头般拥挤的客车走青藏线到达拉萨。在到达拉萨的第二天，幸运地遇到一支去阿里盐湖拉矿石的货车队，第三天随大篷车队上路。

我们自东向西横穿青藏高原，旅行八日来到阿里区府狮泉河。从那里搭一家旅行社运行李的卡车，和一堆不停地蹦蹦跳跳、打打闹闹的行李箱挤在一起，在世界级崎岖的山路上颠簸一整天，灰头土脸一副水泥装卸工模样地来到札达县城。第二天，从县城步行五个小时，再搭上一程过路县长的车，在傍晚的时候终于来到古格王国遗址。孤独的守门人告诉我们，我们是他那一天的第一批客人。

古格之后，和行李箱又为伍一日，拳打脚踢，坐了大半天车到达巴尔兵站。终于在和行李箱的战斗中败下阵来，躺倒在冰冷的泥地上，感觉心快要被颠破。准备换车，等待也许是像戈多一样难等的下一辆车。我差点就要和神山冈仁波齐失之交臂。好在，师傅们连哄带骗让我重新上车，坚持半日，来到冈仁波齐山脚下的塔钦村。

转山，近六十公里的山路（当地人当时是这么告诉我的，后来看到四十公里的说法，也许更接近实际的路程），用了一天半的时间走完。没有找到客栈，晚上和一对藏族牧民夫妇一起在大山脚下的旷野里坐了一宿，度过了漫长寒冷的神山之夜。幸好没有冻僵，也没有冻出感冒发烧——在高原上这可能会带来大麻烦。

转完山，蹭上一辆接送香客的旅游车去玛旁雍错，在圣湖边度过一个纯净的上午。下午，来到靠近尼泊尔边境的普兰，我的印象里西藏地图上最遥远的边陲小镇。

我觉得自己快要走到天边了。

当车子快到普兰时，突然看到遥远的天际，蓝色的山峦绵延起伏，白云环绕，雪峰点点，一片柔和，淡雅，宁静，我不禁想：山的那一边是否就是蓝毗尼，释迦王子的出生地？

我读佛本生故事的时候知道了蓝毗尼这个地名，后来沿丝绸之路参观佛教洞窟，看到一些佛本生故事的壁画，导游不时也会讲到释迦王子诞生的故事。此时，当师傅告诉我普兰的对面就是尼泊尔时，我不知怎么就想到了蓝毗尼。

后来也试图在地图上寻找蓝毗尼的位置，可惜当时能够找到的地图都过于简陋，只标有加德满都和普兰，无法找到蓝毗尼。当时的网络地图也远没有现在这样发达，所以一直无法知道，普兰对面的那片充满诗情画意的尼泊尔土地是否就是蓝毗尼。

普兰之问，没有想到，需要等待十六年，一直等到 2011 年底"地理大发现"的那个夜晚，才终于获得答案。

一、众里寻他千百度

2011年底我萌生去印度旅行的计划。最初的念头只是去南印度。我们单位有一位和我年纪相仿的意大利同事，她曾孤身前往南印度，在一个海边小镇住了一个月，为一家孤儿院做义工。她给我诸多鼓励和建议。

我从网上邮购了一本《孤独星球》(*Lonely Planet*，以下简称LP) 2011年9月版印度导游书，这是当年最新版。我出门比较喜欢用该系列导游书，主要因为该书提供的交通食宿信息准确可靠，比较实用。这一版也许是因为纪念"孤独星球"系列丛书问世三十周年的缘故，写得尤其精心、耐读，所以虽然书挺厚，有点沉，但还是一路随身带着。

初冬的一个夜晚，我在查阅有关恒河边宗教圣地瓦拉纳西（Varanasi）的景点介绍时，顺便翻阅了一下该城所属北方邦的总论部分。旁边附有该邦地图，并列出该邦重点景点，包括佛陀涅槃地拘尸那迦，地图上还标出了具体的位置，

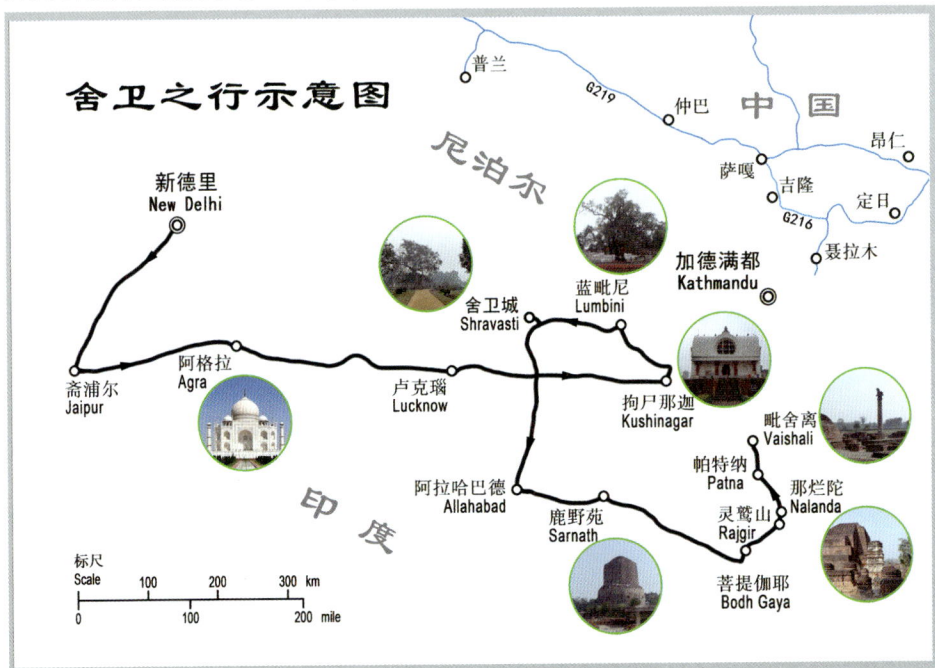

2012年印度之行的路线

离尼泊尔边境不远。我转到拘尸那迦部分，书里提供了具体景点介绍和背包族如何前往的交通指南，另外还讲到如何前往和尼泊尔交界的苏瑙里口岸，如何办签证和过边关。我注意到蓝毗尼就在离边境不远的尼方一侧，从地图上判断离苏瑙里约有三四十公里的距离。

通过比较尼泊尔和西藏地图，我终于可以推断，和普兰对应的尼泊尔一侧应在尼泊尔的西端，而蓝毗尼的位置靠东，蓝毗尼和普兰之间应该尚存一段距离。普兰之问在十六年后终获答案！

我又想起美国公共电视台曾经播放过的一部关于佛陀的纪录片，片中提到，佛教认为，一个佛教徒在一生中应尽其可能去到和佛陀一生有重大关系的四个地方进行朝圣，即释迦王子诞生地蓝毗尼，悟道成佛处菩提伽耶，初转法轮处鹿野苑，以及佛陀涅槃地拘尸那迦。

释迦王子诞生于菩提树下

通过谷歌和维基百科把这四处地名的中外文都找到，然后在导游书提供的地图上查找它们在现代印度地图上的对应位置。通过导游书地名索引目录，我在比哈尔邦（Bihar，源自 vihara，寺院之意）找到菩提伽耶，连带找到那烂陀、王舍城和灵鹫山，在省会帕特纳附近看到毗舍离。鹿野苑又在哪里？其实紧挨着瓦拉纳西，不到四十分钟的车程。

这时，我猛然意识到，这些经常出现在中国古代典籍和著述中、让我们感到耳熟眼详的地名，我们所知道的佛陀生活过的物质世界，不再是诘屈聱牙的抽象符号和神话传说，不再只是精神漫游和知识想象中的虚拟存在，而是一道道真实存在的风景，在今天印度和尼泊尔的地图上有着具体的方位和坐标。

只是，在千余年间，由于佛教在印度的式微以及其他宗教的传入和流行，早期佛教遗存被埋入地下，直到十九世纪下半叶，通过英国考古学家的发掘，才被

初转法轮处鹿野苑遗址

三藏法师留学过的那烂陀遗址

揭开千年尘封，重现于世。今天的游客可以通过现代的交通工具，借助飞机、火车、汽车和三轮车比较容易地到达那些地方，朝佛路线已经被开辟成一条旅行路线，有些景点甚至成为旅游热点。

其实，东晋高僧法显早在公元五世纪初已经到过这些地方。七世纪唐朝高僧玄奘西天取经的故事更是家喻户晓。在这些著名的旅行家和朝圣者背后，更有无数藉藉无名的好奇的旅人，在漫长的岁月里，一代又一代，一批又一批，前赴后继，不断地挑战困难、危险和极限，去穿越滚滚黄沙，去攀登皑皑雪山。

也许他／她们比较幸运，完成了旅行，到达了目的地，然后带着刻骨铭心、终身难忘的体验和记忆回到平常的生活里；也许，他／她们在旅途中就倒下，没有到达终点，留下未了的心愿和无名的脚印，但是他／她们的精神好像一条看不见的线，跨越时空，一代又一代，始终在延续和传递，感染和激励着无数后世来者。

不知不觉中，几个小时已经过去。夜已深，城市白天的喧嚣已经褪去，窗外一片寂静。

我想起王国维引用过的辛弃疾诗句："众里寻他千百度，蓦然回首，那人却在灯火阑珊处。"我感觉自己好像也当了一回哥伦布，体会到发现新大陆的感觉，喜悦和激动自不待言。

我对旅行路线有了初步想法：从新德里开始，先游德里—斋浦尔—阿格拉（泰姬陵）。然后从阿格拉坐火车去北方邦首府卢克瑙，打听租车的可能性。如果可行，就争取去到蓝毗尼、菩提伽耶、鹿野苑、拘尸那迦、灵鹫山、那烂陀、王舍城和毗舍离。

我最初是想独自旅行，这样安排和准备起来比较机动灵活。但是考虑到印度的治安和卫生条件，还有自己身体的状况，最后决定还是约上朋友一起去。我想到有丰富藏区旅行经验的深圳驴友，和她一拍即合，并且在很短的时间里顺利拿到印度签证，准备就绪。

当我把旅行路线告诉她并征求意见时，她爽快地表示路线由我全权决定，只是提了一个要求，希望能把舍卫城加进来。她说，从某种意义上讲，这是印度她最想去的地方。

在驴友和我提到舍卫城之前，我不记得自己对这座古城有什么印象。也许读佛经故事和佛陀传记时曾经看到过，但是记忆已经模糊。用黄金铺地买太子花园为佛陀建精舍的故事，听说过，有些印象，但是一直觉得是佛经里的传说故事，所以没有和驴友所说的舍卫城挂起钩来。

驴友的要求给我出了个难题。我尝试用谷歌、谷歌地图和维基百科来了解有关信息，查找该城在地图上的位置，但一无所获。驴友后来打听到舍卫城的外文拼法是 Sravasti。谷歌地图卫星图显示该地有一些砖石建筑，只是图像模糊不清。LP 地名索引目录里未收 Sravasti 词条，意味着书中没有任何文字介绍，只是在北方邦地图上，在首府卢克瑙东北方向、靠近尼泊尔边境、离蓝毗尼不远的地方，有 Shravasti，和 Sravasti 只有一个字母之差，猜想应指同一地，最有可能是舍卫城。

用 LP 去设计佛教路线实属无奈之举。如何去拘尸那迦？导游书建议，可以从瓦拉纳西或卢克瑙坐火车或长途汽车到格拉克普耳（Gorakhpur），再换汽车坐两个小时可到。如何去室罗伐悉底？从卢克瑙有火车通到贡达（Gonda）和巴勒兰坡（Balrampur），然后就得找机动三轮车了。如何去蓝毗尼？从格拉克普耳坐长途车三小时到苏瑙里，过边检，四公里外是白蜡哈瓦镇，从那里坐车一小时到蓝毗尼。

虽然这些地方坐公共交通都可以到达，但是考虑到路上换车和等车需要花不少时间，而我的假期有限，综合考虑下来，我们决定到卢克瑙去试试运气，看看能否以合适的价格租到一辆车。导游书上说，在印度租车，加上司机费用，价格是每公里六到七卢比。

2012 年初，我和驴友抵达印度首都新德里，开始近一个月的印度之行。因为缺乏经验，我们在一个周五来到阿格拉。兴冲冲准备去参观泰姬陵，结果发现这一天景点只对穆斯林开放，非穆斯林不得进入。我们只能在阿格拉多停留一日，改乘周日的火车到卢克瑙。

到了卢克瑙，我们选择住在旅游局下属的 Gomti 旅馆，主要是图它和旅游局靠在一起，联系起来也许比较方便。在旅馆前台登记时，我们顺便打听租车的可能性。我们很幸运，遇上热心肠的德利跋底。他帮我们把电话直接打到旅行社经理的手机上。经过一番讨价还价，我们租下一辆塔塔 Indigo 车。虽然是周日，但旅行社很快联系好司机，同意第二天就出发，不耽误我们的时间。德利跋底还证实，在室罗伐悉底确有佛教古迹，经常有香客前往参观。

至此，我们终于可以确定行程：先租一辆车走卢克瑙—拘尸那迦—蓝毗尼—舍卫城—阿拉哈巴德—瓦拉纳西／鹿野苑线，然后从瓦拉纳西换租一辆车去菩提伽耶，之后再去灵鹫山—那烂陀—毗舍离—帕特纳，从那里飞往加尔各答。最后，若还有时间，就去南印度的泰米尔纳德邦（Tamil Nadu）浮光掠影地走马观花一圈，从孟买离境回国。

我们本来希望从蓝毗尼或者菩提伽耶开始探索之旅，但旅行社和司机都建议从卢克瑙先去拘尸那迦，避免绕道。我们是外乡人，行车走路，还是听当地人的。

我们的三人组合就此上路。我和驴友是人到中年的背包一族，司机卡比尔二十岁上下，人长得瘦小，有些腼腆，话不多，会说简单的英语，说起话来和声细气，开起车来则机敏、沉着。

第一天，我们从卢克瑙开到拘尸那迦。一路多是开阔的平原，晨雾让我们仿佛置身仙境。我们一早上路，过了中午到达拘尸那迦，一场大雨刚刚下完。在拘尸那迦宿了一夜之后，我们在第二天中午驱车来到印度靠近尼泊尔的边境小镇苏瑙里（Sunauli）。

苏瑙里其实就是一条街，街道两侧是一间紧挨一间的店铺，马路边上停满大卡车，货物装得又高又满，车饰花哨艳丽。卡车不断进进出出，扬起灰尘，使整个街道尘土飞扬，弥漫着土味。

我们留下司机在印度一侧等我们，然后步行穿过边界线来到尼泊尔一侧，找到一辆三轮车，坐了半个小时来到帕伊拉哈瓦（Bhairahawa）镇，挤上一辆小巴，一小时后来到佛祖诞生地蓝毗尼。

我们在蓝毗尼度过了二十四小时，然后在第二天中午回到印度和司机卡比尔会合，下午 2 点半离开苏瑙里。出发之前先把表调回来。我刚到蓝毗尼时，看到墙上钟的时间和自己手表上的时间对不上，还以为自己的表坏了。后来才知道，表没有坏，只是印度和尼泊尔之间有一刻钟的时差。

刚到新德里的时候，看到时差不是整数，居然要加半个小时，也很惊讶。在外旅行二十余载，到过不同大陆的不同国家，但到南亚还是第一次，也是第一次遇到半点和一刻钟的时差，颇感新鲜，觉得南亚人民对时间有一种不同寻常的在意和认真。

从苏瑙里到室罗伐悉底，我们一路往西开，很少停车休息，连续行驶了六个小时，晚 8 点抵达目的地。

后来在唐朝三藏法师的《大唐西域记》第六卷"室罗伐悉底国"中读到：

> 从此东南行五百余里，至劫比罗伐窣堵国。

不禁想到，他在公元七世纪时走过的路是否同一条路，虽然和我们的方向正好相反。当时他是从室罗伐悉底国旅行到佛祖诞生地劫比罗伐窣堵国。他是僧人，他的"行"应该是用脚走路的"行"。不知当年他走这一段路用了多少时间。

这一路，我们在沿途没有见到大城市，甚至大一点的镇子也没有，只有连绵不断的农田和点缀其间的农舍。道路整齐平坦，让视线和想象可以尽情伸展到遥远的天际。这一带给我的印象是富庶、恬静，典型的田园风光。公路上车不多，也看不到什么人，印度乃世界第二大人口大国，不知道人都去了哪里，也许是拥挤进了大城市。

快到巴勒罗摩堡（Balrampur，意谓有力的罗摩城）时，天色转暗。路上不断有大卡车疾驶而过，堆满扎得方方正正、又高又密的甘蔗，我们的塔塔小车相形见绌，顿感渺小和弱不禁风。好在卡比尔车开得稳当，人也镇定，让我们可以安心坐车。

此时是糖蔗收获的季节，公路上，卡车、拖拉机、平板车、自行车，几乎所有的交通工具都在忙碌地运甘蔗。而给人印象最深的是双牛拉的平板车，装上甘蔗，前后有四五米长，缓缓地走在公路上，和疾驰而过的卡车形成鲜明对比，把我们拉回到遥远的农耕时代。有些牛车拉车的两头牛都是白色，让人尤感祥瑞与古朴。

过了巴勒罗摩堡后，天就完全黑下来。没有月亮，也不见星星，农家稀落的灯光时隐时现。有几段路，窗外一片漆黑，只有我们一辆小车孤独地在道路上行驶，车灯投射到很远的地方，在黑夜里格外显眼。

我们在经过巴勒罗摩堡时看到加油站，曾经示意卡比尔停车，希望能够找到洗手间。但他似乎没有听懂我们的意思。后来我们看到加油站时又大呼小叫，请他停车，但他还是未予理会。我们不知他是没有搞懂我们的意思，还是不愿理会，另有隐情。这里靠近尼泊尔边境，地处偏僻。再后来，孤车在黑夜里行驶，四周一片寂静，我们再不敢大呼小叫，只是本能地睁大眼睛，沉默地注视着前方，只希望在路上不要遇上强人。

当我们终于看到灯光的时候，车已经停在一家院子里。卡比尔告诉我们，我们已经到达室罗伐悉底，停车的地方就是今晚我们将过夜的旅馆。旅馆是一排平房，因为建在较高的台基上，看起来像有两层。这是北方邦旅游局下属的旅馆，和我们在卢克瑙住过的旅馆属于同一系统。知道不是路边野店，我们也就放下心来。

早上驴友带我去参加寺庙的早课，我们 4 点半即起，到这时候，困劲和乏劲一起袭来。在旅馆的餐厅我们点了一份套餐，以为最省事，很快就能吃上。没想到，因为晚饭时间已过，厨师需要重新起火，而套餐意味着得一道菜一道菜地做，反而让我们等了很长时间。等饭菜端上来的时候，我强撑起半闭上的眼皮，狼吞虎咽胡乱地把餐盘一扫而光。听说热水要到 10 点才有，我们也不等了，

晨雾中如梦如幻

公路上能见度很低，四五米外基本就看不清楚东西。对面开过来的汽车，车灯模模糊糊，隐隐约约，直到开到很近处才显出轮廓。路上寥无行人。我们有些犹豫，返回院子，看到卡比尔还在那里，就请他费心送一趟。

车子转过两个弯很快在马路边停下，卡比尔示意我们到了。路边有一个小门，门口站着几位游客，门旁边是售票窗口。因为大雾，我们无法看清沿途的风景，对室罗伐悉底依然一无所知。我们请卡比尔在车里等我们一会儿，我们粗略浏览一下就回去吃早饭。卡比尔指着马路对面，示意把车停到那里等候。

景点门票，外国人一百卢比，本国人五卢比。我想起 1995 年在西藏参观古格王国遗址的时候，当时景点的收费也是这样中外有别。景区门口没有通常的景点介绍牌，在售票处询问有没有导游图或景点简介，他们给了一张复印机印出来的黑白手绘图（参见第 58 页图）。图上居中偏右写着"SHRAVASTI"几个粗体大字，说明我们是到了室罗伐悉底。

图分三部分。上部标有接待中心及印度教和耆那教的寺庙。中间是主体部分，标有 Sahet/Jetavana 字样。里面有几处图标，画得像小房子，外文写作 kuti，我猜测为居所。旅行后请教一位懂梵文的朋友，他告诉我，该词原意为小茅屋，后泛指房屋。图上还标出几座小塔（stupa）和水塘（pond）。四周有中国、缅甸、斯里兰卡等国的寺庙。图下方为一段不带标点符号、手写的英文说明文字。第一行的英文还勉强可以看懂，大意为：室罗伐悉底在佛陀之前是憍萨罗国（Kosala）的都城，历史记载甚少。可惜，除了告诉我们"历史记载甚少"的第一行字，其余内容因为没有句读，又是手写，实在无法猜出意思。

我们好像是空降兵，被空投到一个叫室罗伐悉底的地方，手里有一张简陋粗糙的手绘寻宝图，但是看不出大门的位置，不知该从哪里开始参观，该按什么方向走，所以既感兴奋又很茫然。

一进园门，就有早已等候在那里的当地导游主动上来搭讪。导游书一再提醒游客警惕无证导游，避免上当。虽然粗糙的手绘图好像天书，难以读懂，但我们决定还是依靠自己，先随便走走看看。

幸运的是，进入园区不久，我们遇到来自卢克瑙的一位印度学僧。他高挑个子，细长身影，穿黄色衲衣，戴一顶黄色绒线帽，脚蹬凉鞋。他从雾里向我们走来，好像两千五百年前祇树园听佛陀讲经的比丘，穿过漫长的时空隧道，拨开历史的雾霭，翩然出现在我们面前。他表示愿意带我们参观，我们就毫不犹豫地跟上这位黄衣印僧，穿行在清晨的浓雾和朦胧的树影之间。亦真亦幻中，居然忘记问他的名字，只知道他来自卢克瑙。

我们在进园时遇到来自夏河的出家人和香客，此时大家都凑到一起，先听印僧用英文解释，然后我们翻译成中文，讲给夏河人听。

印僧先把我们带到一片由半米高红砖墙基组成的遗迹。整个祇园的建筑遗存

印度学僧

基本都采用这种修缮办法，墙基只复原到半米高，不做整体还原。印僧指着一塔说这是谁的塔，又指一屋说那是谁的屋。我们听个音，不知所云，于是请印僧在黑白示意图上指出位置，待事后查核。塔大概是舍利弗塔。《大唐西域记》中曾提到"举带塔"：

> 给孤独园西北有小窣堵波，是没特伽罗子运神通力，举舍利
>
> 子衣带不动之处。

不知是否指同一塔。屋子是央掘摩罗（Angulimala）住过的地方。央掘摩罗是舍卫城的杀人狂魔，后被佛陀感化，皈依佛门。

由此往前，来到一片僧房旧迹。中间有一口水井，有心的香客沿着井口新撒了一圈小黄花。不远处，是佛陀住过的香舍（Gandha Kuti，英文称 Perfumed

Chamber），一队东南亚的香客已坐在那里诵经。

再往前，我们来到园子西北角的一处方形池塘。印僧说佛陀和弟子们曾在这里沐浴。水塘周围长满高大的树木，在雾中若隐若现。水塘表面浮着一层水藻，绿色和紫色交织，让人想起印象派画家的作品；而晨雾则让人仿佛置身仙境。

夏河香客着急赶路，想先参观阿难陀菩提树。印僧于是改变路线，带我们斜穿过花园，径直来到树前。树下另有一队东南亚香客在念经。看过菩提树，印僧带我们经过当年佛陀经常散步的小径（Promenade，这是一个法文词，特意用在这里，大概是想突出它的不同寻常）来到香舍。

时间已近 9 点，印僧要去上课，和我们告辞。他的黄色身影很快消失在浓雾和树影之间。夏河香客也和我们告别，继续赶路。我们则沿原路返回到菩提树前。

印僧说，佛陀在祇园精舍居住的时候，喜欢在这棵树下打坐禅修。古树枝干粗壮，树叶繁茂。几部 H 形的木梯从高处将枝干托起，予以加固。枝头有小鸟不断发出悦耳的叫声。晨雾中，菩提树显得美丽和宁静，宛若一幅水墨画。

高处的树叶是泼在画纸上的墨，一团一团，或浓或淡，散漫地往外洇开；近处的叶子则形成青绿，一簇一簇，点缀其间。树干底部挂着一块红底镶金的挂毯。树根周围用红砖砌出一米高的方形花坛，把树根围起，加以保护。花坛最上层的红砖上贴满金箔金粉。菩提树四周修了一圈砖墙，把树和园子其他部分隔开，形成单独的院落，两侧各开一门，供人进出。从小径过来，进门的地方，靠右侧墙边，坐着几位穿枣红和黄色僧衣的游僧，一字排开，每人面前放一食钵。他们或诵经或禅坐。

坐在菩提树前集体诵经的东南亚香客团由七八个穿枣红色袈裟的僧人和十来位香客组成。我们进院后不久，香客团诵经完毕，陆续散去，院子里只剩下我和驴友以及进门处的游僧。

阿难陀菩提树

　　我和驴友放下背包，来到树前。我把额头贴在树根上，静静地去感受和倾听菩提树，然后退下台阶，站在树前合掌默祈。

　　开始的时候耳朵里听到很多声音，渐渐地，就只剩下美丽的鸟鸣和僧人嗡嗡的诵经声。有露珠落到我的头上，一滴，一滴，再一滴。一种清凉和温润的感觉划过整个身体。我的内心涌起一种喜悦，感到平和与美好。

　　婉转的鸟鸣不绝于耳，僧人们继续诵经，我继续默祈。

　　当我重新睁开眼睛时，好像过去了无数的时间，院子里一片寂静，僧人们陷入很深的禅定中。

　　雾散去一些，但依然晶莹、朦胧，衬托着菩提树的圣洁和美丽。我合掌从僧人面前走过，一一致意，在食钵里放上布施，走出小院。

景点介绍牌上说这棵菩提树由给孤独长者（Anathapindika）种下，但《故道白云》一书说这棵树被称为阿难陀菩提树。据说，有一次鹿子母夫人（Lady Visakha）向佛陀感慨，说佛陀只是雨季才来舍卫城，不知能否有一象征物可以让信众在平时也能有所寄托。阿难（Ananda）于是建议取菩提伽耶佛陀获得正觉时所在菩提树的种子种在这里，作为象征。这棵菩提树因此被认为是继菩提伽耶菩提树后的第二棵圣树。这棵树究竟是 Anathapindika 树还是 Ananda 树？也许，不妨将两个版本折中一下，想象它出自阿难的提议，由给孤独长者在这里种下，这样岂不很好？

离开菩提树，我们往北来到拘赏波俱提精舍（Kosamba Kuti）。据说，佛陀在香舍未建成之前曾住过这里。建筑朝东，前后两间。工人们正在施工，我们不便打扰，继续往前参观。

往北是阿难旧居。阿难是释迦王族子弟，十八岁时，未及成年（当时二十岁算成年），即已开始追随佛陀。他记忆力过人。僧团在佛陀五十五岁时做出一项决定，让阿难随侍佛陀左右，并记录佛陀的言行。佛陀涅槃后，在第一次弟子结集时，阿难受命编纂经部。

由此往前，路的东面是讲法堂（Preaching Centre）。讲法堂的南端有一口古井。《大唐西域记》提道：

古井

举带窣堵波侧不远有井。如来在世，汲充佛用。

应指此井。想到佛陀曾经使用过该井的井水，内心不禁怦然一动。

讲法堂的北部，分东西两片：一片隔成二十六间小屋，另一片隔有二十二间小屋，当年可能作修行室或教室用。院子中间偏北，有一人高的长方形砖砌平台，砖上贴满金箔，俨然一堵金墙。驴友认为这就是"金刚宝座"所在，佛陀讲法的地方。

她指着古井和金刚宝座，兴奋地引述起《金刚经》上的话：

> 洗足已，敷座而坐。

我当时还没有读到《金刚经》，但她的兴奋无疑感染了我，并激发我日后读经的好奇。

讲法堂西侧，隔着小径，是香舍，佛陀的住所，祇园最为神圣的建筑之一。前后两间，长34.5米，宽26.7米，四周有椭圆形围墙。前间大，作圣殿用；后间小，仅2.85平米，用来供佛像。

香舍的视线非常开阔，往南可以看到拘赏波俱提，往北是僧房，往东是金刚宝座和讲法堂，西面是草地和树林，通向池塘。

据记载，历史上这里曾建有七层宝塔，里面供奉檀香木佛像。东晋法显来时，塔只剩两层。三藏法师在《大唐西域记》卷六"室罗伐悉底国"的"逝多林给孤独园"部分写道：

> 昔为伽蓝，今已荒废。……室宇倾圮，唯余故基。独一砖室岿然独在，中有佛像。昔者如来升三十三天为母说法之后，胜军王闻出爱王刻檀像佛，乃造此像。

玄奘造访的时候，给孤独园已是一座荒园。园内建筑，除一间"岿然独在，中有佛像"的砖室外，其余都倒塌，只剩残垣断壁。不知仅存的砖室是否即指香舍。

祇园精舍建筑遗迹按修筑时间可分三个阶段。最早可上溯到公元一世纪的贵

香舍 Gandha Kuti 遗迹

霜王朝时期。第二阶段为四至七世纪的笈多王朝时期。第三阶段是中世纪时期，直到十二世纪。在一千多年的时间跨度里，这里的建筑经历了不断建造、翻修和重建的过程。不过香舍发掘出的最早墙基只建于笈多王朝时期，而非更早的贵霜王朝时期。

香舍此时比清晨更加安静。香客团走了，游僧们也散去，只有一位印度比丘尼在禅修。我和驴友在小屋里各择一角坐下，默祈。内心感到明亮和温暖，感到美好和祥和。默祈之后，我们来到比丘尼旁边坐下，和她交谈。她很和善，送我们各一盏小铜灯作纪念。

从香舍出来，我们走回到印僧清晨带我们走马观花参观过的池塘。旁边另有一片宫殿遗迹。雾散去不少，太阳露出来，在灰蒙蒙的天空里略显黯淡。我们沿着小径经过菩提树的院子往出口处走。路过一片砖砌的矮墙，不知是何遗迹。已至中午，游人渐少，有一群猴子聚拢在那里，懒洋洋地晒着太阳，各自守着自己的地盘，外人休想闯入。

我们的印度手机这时突然响起来。是司机卡比尔打来的，他问我们何时结束参观。我们看表，这才意识到时间已是中午12点半。我们本来让卡比尔在路边等我们，过一会儿就回去吃早饭，结果不知不觉中已经到吃午饭的时间。我们忘了吃喝，也忘了通知司机，害得他一通苦等。

下午1点我们离开祇树园。出门时，经过售票处，再问有没有关于景点的书籍和明信片，工作人员这才给我们一张彩色的室罗伐悉底景点简介。返回旅馆后，我们早饭和中饭合在一起吃。2点离开，前往下一站，印度最神圣的两条河恒河和亚穆纳河交汇的城市，阿拉哈巴德（Allahabad）。

三、小城故事多

印度之行后，回忆在室罗伐悉底度过的那个上午，我不禁会想：是什么使我们度过这样一个如梦如幻、如痴如醉、忘记时间、忘记吃喝的上午？令我们流连忘返的那座园子到底是什么地方？和舍卫城又是什么关系？

我渴望读到一本书，它也许正静静地躺在世界某一角落某座图书馆的某一书架上，可以告诉我舍卫城的历史和传奇，讲述舍卫城的故事，绘声绘色，娓娓道来，就像我们在拘尸那迦遇到的越南僧人一样。那个夜晚，在双林寺的院子里，虽然屋外空气寒冷，但是一群人围着一盆炭火，手里捧着热茶，听越南僧人用软软的越南话讲故事，听得津津有味。只可惜我不懂越语，不能像其他人一样听懂越南僧人讲的故事。

有一天我和一位临时来出差的同事说起来，正巧，她刚在旧书店里买到一本越南一行禅师所著《故道白云》的英译本，于是就爽快地把她手头的中译本送给我。中译本由线装书局出版，何蕙仪翻译。当我打开这本书时，我知道这就是我一直在等待和盼望的那本书。而书的作者，很巧，也是越南人。

我猜想，一行禅师在写作《故道白云》之前曾经亲自到访过佛陀生活过的那些地方，因为书中所写的一些细节是没有亲自驻足的人无法想象出来的。

我从书架上又取出已经束之高阁多年、由季羡林等学者翻译、陕西人民出版社 1985 年出版的玄奘《大唐西域记》今译本。这本书，我在九十年代初在北京隆福寺的旧书店里寻到时，曾经试图阅读过，当时的感觉是好像在看天书。

屈支国、跋禄迦、呾逻私、笯赤建、赭时、窣堵利瑟那……面对这些乱码一般的国名和地名，自己既记不住，也找不到契入点和兴趣点，过目即忘，边读边忘，阅读的勇气和兴趣日益消减。看到玄奘法师走过的地方有那么多，长长的单子简直没完没了，我最后只好打起了退堂鼓。

由三藏法师口述、其弟子执笔记录的《大唐西域记》用唐人散文写出，今人阅读起来不会有大的文字障碍。但是因为涉及的内容比较生僻和专业，理解起来并非易事。今译本一方面使得文字更加清晰易懂；另一方面，由于译者是一些严谨的学者，在翻译过程中比较过英、法、日等多种译文，他们的翻译有助于我们更准确地理解原文，避免误读。

我汲取当年未能卒读的教训，不是从头至尾、按顺序来读，而是单刀直入，选择我到过的地方，有针对性地比照着读。

因为旅行之前准备不足，在印度参观时往往有双脚走在知识前面，脚比脑先到之感。参观时不甚了了，旅行之后依然问题多多。一行禅师的书和《大唐西域记》结合起来阅读，正可以答疑解惑，帮助我理解旅行见闻。

根据传说，舍卫城由太阳神的后代室罗伐悉陀王（Sravasta）建立。懂梵文

祇树给孤独园

的朋友告诉我，印度的王统分月亮世系和太阳世系，太阳世系可能是从喜马拉雅山下来的部族。公元前六世纪，也就是佛陀生活的年代，这里是憍萨罗王国的都城。国王为钵逻犀那恃多（Prasenajit，旧译波斯匿王）。

佛陀在他三十九岁那年雨季，带领三百比丘第一次来到舍卫城，在祇树给孤独园结居讲法。

说到舍卫城，不能不提祇园精舍，而说到祇园精舍，又不能不提和它的建造有关的两个人，苏达多和祇陀太子。

苏达多是舍卫城的一位富商，精明能干，擅长理财，富甲一方。他同时又善良仁厚，乐善好施，赢得"给孤独长者"的美誉。

苏达多在摩揭陀国经商时听到佛陀讲法，开始虔信佛教，并发愿在舍卫城建造一座精舍，迎请佛陀。佛陀请舍利弗和苏达多一起选址，两人看中祇陀太子的花园。苏达多去找太子，表示愿买太子花园。太子年轻，少不更事，乃口出戏言：

"金遍乃卖"，意思是说，如果苏达多愿意用黄金遍铺花园，就把地卖给他。

太子其实并非真心想卖，所以开出这样一个"寸土寸金"的天价，打算就此把苏达多打发走。岂料，给孤独长者乃真心发愿，他立即派人运来金币，开始往花园地上铺，通过既成事实迫使太子无法收回说出的戏语，被迫出让他本无心想卖的花园。这就是"黄金铺地"故事的由来。

我不知道舍卫城的金币有多大。在博物馆参观时看到过一些古代金币，印象中似乎和今天流通的硬币大小类似。如果这样去想象苏达多派人运来一筐又一筐的金币，执着地铺在令我们流连忘返的那座花园的地上，精诚所至，感动太子捐出剩余地方，共同建造了祇园精舍，这样想来会更加感觉到这则故事的美好和动人。

《大唐西域记》专门提到这则故事：

（太子）戏言："金遍乃卖。"善施闻之，心豁如也。即出藏金，随言布地。有少未满，太子请留，曰："佛诚良田，宜植善种。"即于空地建立精舍。世尊即之，告阿难曰："园地善施所买，林树逝多所施。二人同心式崇功业，自今已去，应谓此地为逝多林给孤独园。"

佛陀后来亲自提议，以这两个人的名字共同命名此处精舍，称之为祇树给孤独园。祇树给孤独园是鸠摩罗什的译法，玄奘译作逝多林给孤独园。

在舍卫城，除了祇园精舍，还有另一处著名的精舍，由著名的慈善家鹿子母夫人建造的东园，佛陀在后期多居于此。从祇树园前往巴勒罗摩堡的途中可经过其遗址。可惜这一次，我们无缘参观，和它失之交臂。

给孤独长者和鹿子母夫人的故事从一个侧面反映了佛教当年在新兴富裕阶层中迅速普及的情况。古代印度社会，等级制度非常严格，精神生活被视为一种特权，只有婆罗门、贵族和富裕阶层才能享有。佛陀本人是释迦王子，他在悟道之后开始传法时，最初接受佛法、加入僧团的多为王公贵族和富家子弟。

但是佛陀的目光已经超越了等级和阶层，他要倡导的是佛法面前人人平等。当我在《金刚经》中读到"是法平等，无有高下"时，不禁惊叹和感慨，早在两千五百年前，佛陀已经提出"平等"的理念，并且表述得如此清晰透彻。

《故道白云》一书提到佛陀和舍利弗给拾粪的"不可接触者"苏利陀授戒的故事，正是佛陀实践佛法平等这一超越时代、具有革命性理念的具体例证。

故事发生在佛陀和弟子结束在舍卫城的第一个雨季，前往附近村落乞食的路上，他们在河边遇到正挑着大粪的苏利陀。苏利陀看到僧人们走过来，赶紧让路。未曾想到，佛陀却冲着他径直走来。苏利陀不断往边上躲，可佛陀还在继续朝他这边走。想到自己属于不可接触者，又挑着大粪，苏利陀无处可躲，最后一着急索性跳进了河里。佛陀一直走到河边，请站在水里的苏利陀上岸，和他交谈，然后问他是否愿意成为比丘，加入僧团。

邀请一个处于社会最底层的拾粪的不可接触者参加僧团这一被视为社会上层和精英组成的精神团体，这在当时是令人难以想象并具有革命性意义的举动。苏利陀无疑是幸运的，佛陀和舍利弗后来亲自为他授戒，让他在祇园随舍利弗修行。

一行禅师还讲了舍卫城另一段传奇，佛陀感化杀人狂魔央掘摩罗（Angulimala），使他放下屠刀，皈依佛门，成为坚定的非暴力者的故事。印僧在我们参观祇园时曾经指给我们看过他的住处。

让我们想象这样一幕：有一天，佛陀进城乞食，发现街道空空荡荡，家家户户门窗紧闭。他询问原因，别人告诉他，有人看到杀人狂央掘摩罗在城里出现，全城因此陷入恐慌。大家劝佛陀也躲一躲，不要上街。佛陀谢绝好意，回到街上，继续按照平常的乞食路线坦然自若地走在路上。这一年，佛陀五十六岁。

看一行禅师讲这段故事，我感觉自己好像在看一部美国西部大片。画面上是一条笔直的大路，被阳光照射得明晃晃。街道空空荡荡，两侧住家的门窗被一扇接一扇地关上。只有一个人，一袭袈裟，手执食钵，不紧不慢地走在路上。

他的身后突然响起一阵脚步声。一个黑影出现，由远及近，向僧人逼近。黑影身后背着一把短剑。

强盗冲着僧人大喝道："僧人，站住！"

僧人没有理会，继续往前走。强盗追上来，对僧人说："僧人，我叫你停下，你为什么不停下？"空气变得凝重。

僧人抬起眼睛。四目相视。强盗内心一震。他从来没有看到过如此明亮和镇定的眼睛，没有一丝的惊悸和恐惧，只有慈悲、平等和温暖。

僧人说："央掘摩罗，我其实早已停下，是你自己没有停下来。"

强盗没有想到对方已经知道自己的名字。他追问道："我让你停下，你没有停下，还继续往前走，你怎么说自己早已停下，是我没有停下？"

佛陀和缓地说："因为，很久以来，我已经停下，停止做任何伤害生命的事情。"

凝重的空气就这样被佛陀的一句话轻轻一点，击破了。

一行禅师很会讲故事，在书中把这则故事讲得跌宕起伏，扣人心弦。书中还配上一幅小插图，画面上，央掘摩罗放下屠刀，跪在佛陀脚下，成为佛陀弟子。结局令人皆大欢喜。

在去维和团之前，接收岗前安全培训，教官嘱咐道：记住，遇到紧急情况，最初的几十秒，最初的几分钟，往往是决定生死的最关键时刻。这句话给我留下很深的印象。一行禅师的故事告诉我们的就是在这最关键的时段里曾经发生的故事。只不过，一般人都是被动应战，急中生智。只有佛陀会主动选择去直面杀人狂魔。只有真正的慈悲才具有如此的勇气和胆量，也只有真正的大爱才具有如此的从容和淡定，能够以"我不入地狱谁入地狱"的情怀感化大凶大恶，至残至暴。

央掘摩罗没有辜负佛陀的信任，经过修行，完全变了一个人，并且得到一个新的名字："不害"，意为非暴力者。有一天，不害去城中乞食，被人认出。他的衣服被撕破，食钵被砸碎，浑身被打得遍体鳞伤。但是不害没有还手，只是合掌立在那里，任人打骂和宣泄。他成为一个真正的非暴力者。他回到祇树园后，佛陀亲自给他清洗伤口，并且说："在觉察中忍受痛苦，可以抹掉千世的瞋恶。"

央掘摩罗从大恶成为非暴力者不害的故事由一行禅师道来，尤有意味。一行禅师生前积极倡导和平和非暴力，美国黑人民权运动领袖马丁·路德·金在1967年曾经提名他为诺贝尔和平奖的候选人。

《大唐西域记》也提到央掘摩罗的故事：

> （指鬘）将欲害母，以充指数。世尊悲愍，方行导化。遥见世尊，窃自喜曰："我今生天必矣。先师有教，遗言在兹：害佛杀母，当生梵天。"谓其母曰："老今且止，先当害彼大沙门。"寻即杖剑，往逆世尊。如来于是徐行而退，凶人指鬘疾驱不逮。世尊谓曰："何守鄙志，舍善本，激恶源？"时指鬘闻，诲悟所行非，因即归命，求入法中。精勤不怠，证罗汉果。

"指鬘"是唐朝人对央掘摩罗的形象叫法。Angulimala的意思是手指花环，因为央掘摩罗把被杀之人的指骨串起来，做成花环形状戴在头上。《大唐西域记》在卷二关于印度服饰和衣着方面提到：

> 外道服饰纷杂异制。或衣孔雀羽尾，或饰髑髅璎珞……

指鬘大概可以归入戴骷髅项链的外道邪教一类。不知古代印度是否有食人族，如果有的话，从人类学的角度看，指鬘不知可否算是他们的后代，而"髑髅璎珞"和"指鬘"或许正是他们的标志。

三藏法师在讲指鬘故事的时候，没有戏剧的渲染，只有朴素的文字，点到为止。一面是如来"徐行而退"，一面是凶人指鬘"疾驱不逮"，让读者自己去慢慢体会个中意味，很有意思。指鬘后来"精勤不怠，证罗汉果"。三藏法师特意交代这一点，大概是想告诉大家，即使作恶如指鬘，只要真心悔过，精勤修行，也同样可以达到很高的境界。

如果没有走到舍卫城，我会以为佛陀使杀人狂放下屠刀、皈依佛教的故事纯粹是后人的创造和演绎。但是，因为在祇园参观时曾经经过指鬘旧居，城里的"舍邪处"还另建有塔，《大唐西域记》也专门讲到这则故事，由此意识到指鬘和舍卫城之间有着不同寻常的关系，也不再把指鬘的故事仅仅当成传奇故事来读。

和舍卫城以及舍卫城人有关的故事，经过古代玄奘和现代一行法师的讲述，经过历代无数僧俗的口口相传和妙笔生花，流传至今，始终让人感觉到明亮、温暖和美好，即使惊心动魄如指鬘欲杀佛祖，最终还是皆大欢喜的圆满结局。

四、尘封的历史

佛陀在舍卫城的祇树给孤独园广泛传经授法，一共度过了十九个雨季。著名的《金刚经》就是在祇园讲授的，经文中有明确记载。根据后秦鸠摩罗什所译《金刚般若波罗蜜经》[①]：

一时佛在舍卫国祇树给孤独园，与大比丘众千二百五十人俱。

玄奘译的《金刚经》经名为《能断金刚般若波罗蜜多经》，译文是这样的：

一时薄伽梵，在室罗筏，住逝多林祇树给孤独园，与大苾刍

---

① 根据中国社会科学出版社《金刚经今译》一书提供的罗什译文，玄奘译文引自同一书。

众千二百五十人俱。

随着佛教和佛经的广泛流传，舍卫城和祇树给孤独园也成为佛教世界广为人知的历史名城和佛教圣地。可以说，有诵《金刚经》处，就有人知舍卫城，知祇树园。

佛陀在舍卫城一共度过二十四个雨季，其中十九次在祇园，其余在鹿子母夫人所建东园度过。说到雨季，第一次看到这种说法觉得很新鲜。人们通常都说，在某地生活多少年，这里却只说度过多少雨季，不说度过多少年。为什么佛陀只是雨季才来，雨季结束就走？

《故道白云》告诉我们，在佛陀生活的时代，僧人们最初托钵行乞，四处化缘，居无定所。佛陀念及雨季道路泥泞，行路不便，而此时又值昆虫繁殖季节，出门容易践踏误伤生命，因此提出结夏安居的想法，让僧人们在雨季三个月中安居一地，集中学法修行。舍卫城的祇园和东园，王舍城的竹林精舍、芒果园，毗舍离的大林和蓝毗尼的尼拘律园，都是佛陀曾经带领弟子雨季结居讲法的地方。

《大唐西域记》中曾提到中印之间雨安居时间出现差异的一则有趣的乌龙现象。印度雨安居在一年的五月十六日开始，八月十五日结束。中国在开始和结束的时间上均比印度早一个月：

> 印度僧徒依佛圣教，皆以室罗伐拏月前半一日，入雨安居，当此五月十六日。以頞湿缚庾阇月后半十五日，解雨安居，当此八月十五日。印度月名依星而建，古今不易，诸部无差。良以方言未融，传译有谬，分时计月，致斯乖异。故以四月十六日入安居，七月十五日解安居也。

由于古印度月份的名称乃根据十二星次确定，"古今不易，诸部无差"，相应确定中国的雨季时间本不复杂，不应有误，可是因为语言沟通和翻译的原因，因为缺乏交流和了解，却相差了一月，"方言未融，传译有谬，分时计月，致斯乖异"。如果不是玄奘专门指出，后人大概难以想象，看来中印古代文化交流确实不易，以致在一些看似简单和显而易见的事情上也有可能出现意想不到的误解和误会。

言归正传。舍卫城应是佛陀度过雨季最多的城市。对于一座城市，这实乃殊幸。

不仅佛陀在舍卫城讲法，和佛陀同时代的耆那教第二十四代祖师尊者大雄也曾在这里开坛设讲。佛陀和尊者大雄两位智者同在一地宣传各自的教义，更增添了舍卫城这座富庶繁华、开放包容的憍萨罗王国都城的魅力和传奇，使之成为古代北印度的文化重镇和精神圣地。

同一时期，往东，在中国生活着老子和孔子；往西，在古希腊，活跃着前苏格拉底的智者们。人类正在经历群星闪耀的精神和文化第一高峰期。

舍卫城由于和佛陀和佛教的不解之缘而名留青史，成为一座四海皆知的充满传奇的历史名城，吸引了后世无数人前来造访和参观。

阿育王曾经到访过舍卫城，在祇树园东门立下两根"高七十余尺"的石柱，作为纪念。《大唐西域记》这样写道：

> 东门左右各建石柱，高七十余尺。左柱镂轮相于其端，右柱
> 刻牛形于其上，并无忧王之所建也。

玄奘到访时阿育王柱尚存，到我们参观时，柱子已了无踪迹。但是我们在毗舍离参观时曾看到一根柱头为狮形、有两千三百年历史的阿育王柱，伸向天空，非常壮观。

我国东晋高僧法显在五世纪初、唐代高僧玄奘在七世纪上半叶也曾到过舍卫城。

玄奘在《大唐西域记》中对于所看到的室罗伐悉底国及其都城室罗伐有这样的描述：

> 室罗伐悉底国，周六千余里。都城荒顿，疆场无纪。宫城故

阿育王柱

基周二十余里，虽多荒圮，尚有居人。谷稼丰，气序和，风俗淳质，笃学好福。伽蓝数百，圮坏良多。僧徒寡少，学正量部。天祠百所，外道甚多。

此则如来在世之时，钵逻犀那恃多王（唐言胜军，旧曰波斯匿，讹略也）所治国都也。故宫城内有故基，胜军王殿余址也。

玄奘造访时，都城和王宫已经荒弃。王宫故基尚存，上面有人居住。书中提到，此地民风淳朴，气候宜人，适合庄稼生长。我们十几个世纪之后驱车经过时所看到的田园风光和糖蔗收获的景象也算是一种印证。彼时，佛寺尚存数百座，但多遭损毁，僧人很少。外道逐渐兴起，有庙百所，信徒众多。祇树给孤独园几乎是一座荒园，园内建筑，除一间"岿然独在，中有佛像"的砖室外，其余都倒塌。佛教在印度虽然尚在流行，但鼎盛时期已经过去。

玄奘之后不再有关于舍卫城的可信文献记载，七世纪的玄奘游记成为最后一份可靠的记录。随着其他宗教的传入和兴起，虽然十至十二世纪期间还出现过一些重振本土宗教的努力，但是佛教遗迹总体上被历史逐渐尘封，淡出人们的视野和记忆，埋入地下。

1863年，英国考古学家、印度考古学奠基人坎宁汉（Alexander Cunningham）在当时尚属英国殖民地的印度北方邦Sahet/Mahet遗址进行考古发掘，敲开在地下已沉睡千年的舍卫城大门。由于印度本土没有保留较为可信的历史文献，他转而求助于法显和玄奘的印度游记。玄奘的忠实记录和在翻译古印度人名和地名时按照原来的发音尽量严格直译的做法，无疑便利了后人根据考古发掘结果确定舍卫城和祇园遗址所在。

随着印度早期佛教遗存经过考古发掘渐为人知，到二十世纪初，缅甸和泰国的佛教徒开始在遗址附近兴建寺庙。但民国时期的中国，局势动荡，战乱频繁。虽然汉地学者对佛教重新产生兴趣，但去印度造访早期佛教古迹的想法似乎鲜有见到，在弘一法师和丰子恺先生的书中似乎也未见有提及。不过在拘尸那迦，我们看到 1948 年由香港比丘尼主持建造的双林禅寺。

独立后的印度和中华人民共和国在五十年代曾有过一段友好时期，但随着边境问题的出现和六十年代两国冲突的爆发，两国关系在很长时间里一直冷淡疏远。不知是否因为这些原因，八十年代，不论是读季羡林、金克木等学者的文章，还是在北外上张志老师的中外文化交流史课，一直没有意识到舍卫城和其他早期佛教遗迹早已被开发成旅游景点，以至于我们可谓两眼一抹黑地来到室罗伐悉底。而当我们结束参观离开的时候，那座城市依然遥远、虚幻。

如果能够将舍卫城和其他历史名城进行比较，舍卫城是像杭州、苏州或者扬州那样的富裕、活跃的文化城市，还是说，从气度上讲，更接近古希腊的雅典、唐代的长安、文艺复兴时期的佛罗伦萨、十六世纪的阿姆斯特丹？

或者，舍卫城就是舍卫城，如梦如幻，空前绝后，举世无双。

《大唐西域记》在"逝多林给孤独园"中有这样一段描述，我且引用今译本的译文如下：

> 凡是如来散步的地方、说法的地方，都树立有标志，并建有塔。这些地方都有神暗中保护，有时出现灵瑞：或听到天上鼓乐声，或闻到神香。吉祥的征兆，难以一一述说。①

那是一个令人向往的时代。那是一座美丽和明亮的城市。那是伟大的觉悟者佛陀生活的时代和世界。

---

① 原文为："经行之迹，说法之处，并树旌表，建窣堵波。冥只警卫，灵瑞间起：或鼓天乐，或闻神香。景福之祥，难以备叙。"

五、从唐僧到玄奘有多远？

踏上印度土地的第一个晚上，我在新德里住的家庭旅馆里搭伙吃饭。店主是一位退休的杂志编辑，女主人是美食专栏作家，有时也给客人开课介绍印度烹调。那晚天冷，只有我一位食客，老夫妇就在卧室旁的小客厅里摆上饭桌，生上一盆炭火，三人一起吃他们的自家饭。饭桌上老编辑不知怎么就和我聊起了玄奘，津津乐道，饭后还特意走进书房取出一本关于玄奘的英文传记。

听印度退休编辑谈玄奘，感觉有些特别。唐僧的西游真的变成玄奘实实在在、一步一个脚印的印度之行，让我反倒感觉恍惚，真假虚实的边界一时模糊起来。

《西游记》的故事是我们童年记忆的一部分。在很长时间里，说到玄奘，我脑海里浮现的首先是八十年代中期流行一时的电视连续剧《西游记》里唐僧的形象。那些年，《西游记》热播，满大街都能听到该剧的主题曲。电视剧的主角其实是齐天大圣美猴王孙悟空，唐僧只是配角和陪衬，给我留下的印象更多是一个奶油英俊小生，慈眉善目，心肠柔软，有些优柔寡断。每当他不分青红皂白地给孙悟空念紧箍咒时，看到电视剧里孙悟空的痛苦表情，我都会对师父的糊涂和武断产生不满，替悟空感到委屈和不平。

唐僧的电视剧形象可能和"文革"结束不久，人们当时对佛教和玄奘的认识存在框框和局限有关。我们这些在"文革"中长大的一代尚没有意识到自己的知识有多么匮乏和扭曲，传承遇到多少断裂和破坏。电视剧的巨大成功使剧中唐僧的形象先入为主，占据了我的脑海。

我上中学的路上经过一座小山，叫"九华山"。后来知道在邻近的安徽省还有一处被列入佛教四大名山的九华山，南京的这座只能算是"小九华山"。它临玄武湖，依山傍湖处有一段保存完好的明代城墙。山顶有一座塔，静穆朴素，游客稀少。塔身上书"唐三藏法师塔"字样，建于上世纪四十年代。

景点介绍说塔内存有三藏法师顶骨舍利。因为介绍非常简单，我不清楚为何在南京、在这样不起眼的地方会藏有法师顶骨舍利，对其真实性不免半信半疑。最近查看维基百科，得知顶骨舍利乃1942年日本侵华战争时期日本人在大报恩寺遗址附近挖掘所得。他们本想运回日本，后迫于舆论压力，将舍利分成几份，交给汪精卫伪政权的一份中，有一半藏于此处，因此筑塔纪念。如果维基百科的解释可信的话，也许是因为涉及汪伪政权，当年的景点介绍才非常简单模糊。

那个时候，开始时兴锻炼身体。我因为体质弱，经常生病，就决定每日放学骑车回家的路上，去爬一趟山。情绪高的时候，早上上学前也去爬一次，然后在巷口买上两根刚从滋滋的油锅里炸出来的油条，吃完再去上学。虽然我几乎每天都和三藏法师塔照面，但我怎么也无法把九华山顶肃穆落寂的佛塔所纪念的三藏法师和热热闹闹的电视剧里奶油英俊小生唐僧联系起来，虽然我知道他们说的是同一个人的同一个故事。

《大唐西域记》今译本的黄色封面上印有一帧玄奘负笈西行的画像，用淡墨印出。三藏法师穿唐服，蹬草鞋，手执毛掸，大概是用来驱赶蚊虫的。胸前挂着很大的珠子组成的佩饰。身后背着竹编的敞开式小书架，里面堆满经卷。架子上端高过头顶，往前伸出去，垂下一物，悬在额前。

这个形象让我想到"负笈"一词，想象中古代的"笈"应该就是这个样子。不知道唐代背包一族出门背的包，古代的"backpack"，是什么样子。古人出门远游应该有当时人出门的装备。

三藏法师的这张像应该是他从西天取经回国时的写照，当初擅自出国的时候或许没有那么从容齐整。

法师"偷渡出国"的说法，最初听到时觉得匪夷所思，难以想象。后来读中华书局出版的陈鸿彝先生所著《中华交通史话》，对这段故事有进一步的了解。

最近读到唐朝慧立法师写的玄奘传记《大唐慈恩寺》的白话今译本[①]，里面提供了更多三藏法师渡玉门关前后的细节。

玄奘受父兄影响自幼学佛，十三岁出家，少年有成，佛学已有很好的造诣。但他感到佛经译文互不一致，多有谬误，开始学习梵文，希望直接去印度，去佛教的发源地学习正宗的佛经语言，求得真经。不知为什么，这让我联想到八十年代初期，中国国门重新打开之际，大家在非常封闭和简陋的条件下抱着录音机热忱地学习外语，对各种现代和西方的知识充满好奇、如饥似渴地学习的情形。

三藏法师几次申请"过所"，即唐时旅行用的通行证，相当于今天的护照，要求出国，但均未获准。唐朝当时建国不久，河西未定，对出国有严格限制。

唐太宗贞观三年（有说元年），长安遭受大灾，出现饥荒，出城限制放宽，允许老百姓"随丰就食"，三藏法师于是趁乱随饥民一起出城，来到凉州，当年鸠摩罗什被困十七载的甘肃武威，通过山中小路偷渡出玉门关。

十七年后，玄奘从印度返国到达于阗时，在给唐太宗的信中，写自己当年"冒越宪章，私往天竺"，指的正是这段非法出国的往事。

私渡玉门关后，在穿越八百余里的莫贺延碛流沙时，玄奘不慎将携带的水囊打翻在地，蓄水尽失。但他没有回头去重新找水补给，而是下定决心，"不至天竺，终不东归一步"，继续西行，在断水的情况下，默念《般若心经》，在沙漠中走了五天四夜，终于找到水源，得以生还。

我最初是从十九世纪末瑞典探险家斯文·赫定所著的《亚洲腹地旅行记》中了解到一些沙漠旅行的知识。比如山羊皮袋可以用来蓄水，冬天是穿越沙漠的有利时机，这些知识让我大开眼界。赫定在书中还详细讲述了他当年穿越塔克拉玛干沙漠时在于阗河一带断水数日，险些葬身沙漠的传奇经历，他写的历险细节正可以帮助我们去理解和想象三藏法师千年之前孤身断水走沙漠的惊天

[①] 译者为赵晓莺，华文出版社出版。

动地之举。

《大唐西域记》有一段文字，介绍前往印度途中经过的五百里"大沙碛"：

从此西北入大沙碛。绝无水草，途路弥漫，疆境难测。望大

山寻遗骨，以知所指，以记经途。行五百余里至飒秣建国。

茫茫戈壁，寸草无生，需要依靠大山和路边遗骨来辨别方向，认路。古人的旅行实在令今人感慨和唏嘘。

这段五百里的大沙碛是在离开赭时（今乌兹别克斯坦首都塔什干）和窣堵利瑟那国后，前往飒秣建国途中经过的，应在中亚，和陇西疆东的八百里莫贺延碛还隔着一段距离。但《大唐西域记》里的文字来自三藏法师的亲身经历和直接讲述，简单、朴素、原汁原味，没有文学的加工和渲染，没有修饰和神化，总是那么处变不惊，举重若轻，让人格外感到真切和有分量。只是，文字的留白既多，有心的读者可以去慢慢体会和掂量，粗心的读者就可能把宝贝给错过了。

玄奘在西域和印度一共旅行了三年才走到那烂陀。这位来自中原华夏文明核心圈的僧人和学者从此踏入印度佛教文化的核心圈，开始向佛学院的百岁掌门人、住持戒贤学佛。

十四个世纪之后，我们也来到那烂陀，参观这所建于公元五世纪、鼎盛时期拥有万名学僧的古印度最著名佛学院的遗址。考古发掘整理出的遗址展示了当年学院巨大的规模，校舍一共分成十一片区域。

传说中玄奘当年的禅修洞

热情的当地导游还带我们来到据说是玄奘居住过的地方。导游说，玄奘提到坐在自己房间里的禅修室禅修；在那烂陀发掘出的所有僧舍中，只有这间带有一个半米宽、六七十厘米高、可容一人平躺的长方形禅修洞，据此推断这就是玄奘的宿舍。我无法判断导游说法是否可信，只当是一家之言吧。

玄奘在那烂陀留学五载，后在印度生活和游历十余年。贞观十九年（公元645年），他回到长安。归国之旅长达两年之久。

在归途中，经过葱岭一带的"奔攘舍罗"，书中这样描述：

> 大崖东北，踰岭履险，行二百余里，至奔攘舍罗。葱岭东冈四山之中，地方百余顷，正中垫下。冬夏积雪，风寒飘劲。畴垄舄卤，稼穑不滋。既无林树，唯有细草。时虽暑热，而多风雪。人徒才入，云雾已兴。商侣往来，苦斯艰险。

终年积雪，寒风凛冽。庄稼不生，树木不长，地上只有一些细草。即使夏天也刮风下雪。"苦斯艰险"想来不仅是过往商人的感受，三藏法师当年也应有同样的经历。

这段文字让我想起坐在卡车里过新疆大阪的那个雪夜，透过车灯，看到漫天大雪猛烈地砸向车窗玻璃。到了山顶，往下看，黑夜里，山脚下的车灯模模糊糊，隐隐约约，显得那么弱小和遥远。

对于十几个世纪前背着行囊在世界屋脊翻山越岭的夜行人，雪夜的记忆又会是怎样？

在归途的最后一程，即将到达楼兰境前，还需要经过"大流沙"。书中这样写道：

> 从此东行，入大流沙。沙则流漫，聚散随风。人行无迹，遂多迷路。四远茫茫，莫知所指。是以往来聚遗骸以记之。乏水草，

多热风。风起，则人畜惛迷，因以成病。时闻歌啸，或闻号哭，视听之间，恍然不知所至。由此屡有丧亡，盖鬼魅之所致也。行四百余里，至睹货逻故国。国久空旷，城皆荒芜。从此东行六百余里，至折摩驮那故国，即沮末地也。城郭岿然，人烟断绝。复此东北行千余里，至纳缚波故国，即楼兰地也。

黄沙漫漫，方向难辨，只能靠遗骨认路。热风起时，人畜昏迷。风声响起，有如鬼哭狼嚎。这样走四百里到睹货逻故国，但"国久空旷，城皆荒芜"，是一座死城。再走六百里到沮末，"城郭岿然，人烟断绝"，又是一座鬼城。

我想起当年在新疆看到的库车附近的苏巴什古城和吐鲁番附近的高昌和交河故城，那些被太阳烤干的残垣断壁，空荡而凄凉，没有炊烟，没有生气，沦为寂静的死城。

三藏法师的文字淋漓尽致地道出了古人沿丝绸之路旅行的艰苦、辛酸和危险，读来令人毛骨悚然，也让人肃然起敬。

唐朝义净法师有"去人千百归无十"之句，言简意赅，背后却是多少无人知晓的辛酸和伤心故事。

不知是否西天取经的艰辛和危险让后人实在太难以想象了，所以就干脆演绎出活泼泼的神话来。

三藏法师还得再走千余里才能到达楼兰境内。

《大唐西域记》写到楼兰也告结束。不远的地方，朝廷已派人在恭候。唐太宗将给予玄奘隆重和盛大的欢迎。此时，大唐帝国经过近二十年的"贞观之治"进入全盛时期，中国中古文明也达到强盛和繁荣的巅峰。

三藏法师回到长安的那一天，长安人倾城而出，欢迎英雄凯旋归来。二十匹马载着法师从印度迎请来的一百五十粒佛舍利、八尊佛像和六百五十七部佛经，随着法师缓缓走过朱雀大街，进入弘福寺中。至此，中印古代文化交流史上最惊天动地和可歌可泣的一幕完满地落下帷幕。

2013 年夏天，我和几位大人小孩一起去纽约林肯中心看陈士铮导演的舞台剧《猴子王：西游记》。在第五幕中，西天取经团团长和团员逐个亮相，唐僧和孙悟空、猪八戒、沙和尚师徒四人再加上大白马组团成功，热热闹闹、前呼后拥地上了路。此时，又有谁还在乎三藏法师当年偷渡出关、孤独西行的事实呢？真相还重要吗？玄奘已经变成了唐僧。

在第八幕"火焰山"那段戏中，猴子王施计打败铁扇公主，借来大扇。舞台上，大扇挥动，火焰山熊熊烈焰徐徐熄灭。我不知怎么又想起斯文·赫定讲述的等待冬天穿越沙漠的知识，想起三藏法师在断水的情况下在沙漠中默念《般若心经》走了五夜四天的故事。

当吴承恩创作《西游记》的时候，早期佛教遗迹在印度地下沉睡已经很多世纪，还需再等几百年，直到十九世纪下半叶，才会被现代考古学家敲醒，重现于世。在中国，丝绸之路盛况不再，佛教日益本土化，政治和知识阶层不断内敛收缩，闭关锁国，雪山大漠变得遥远和神秘，难以企及。

《大唐西域记》里似乎没有提到今人所说的火焰山。书是从离开高昌境后的阿耆尼国——今天的焉耆写起，火焰山在高昌境内，已经路过。归途走的是丝绸之路南线，止于楼兰境内的那缚波故国，火焰山在其北面，两者之间横亘着茫茫的沙漠。

这样正好，正可以让书斋中的作家放开手脚，大胆创作，纵情演绎用铁扇扑灭烈焰、穿越沙漠的神话，尽情享受想象的巨大空间和创造的无穷乐趣。生活在全球化和地球村时代的作家恐怕已经难以享受如此宽敞、几近奢侈的创造自由。

我想起一位厨师曾经讲过这样一则故事。有一天，一位食客来到店里，要求吃熊掌。店里新进了料，这位厨师就去请教他的师傅，问该如何做这道菜。师傅回答道：你就大着胆子去做，反正没有谁吃过，也没有谁知道是什么味道。

玄奘逐渐演变成唐僧，一个大智大勇的僧人只身前往印度取经的真实故事，逐渐演绎成师徒四人加上白马一起热热闹闹、前呼后拥去西天取经的神话传说。人们满足于通过文学的想象和神话的创造去神游，而不再真正地背起行囊、脚踏实地地去旅行和探险。

如果说唐僧是一具脸谱，一个抽象的符号，一段神话，一则传说；那么，玄奘则是一个有血有肉的真实存在，一位大智大勇的古代背包族，大旅行家，大探险家，一位大慈大悲的高僧和佛经翻译大家。

从唐僧到玄奘有多远？我们离一千四百年前的玄奘有多远？我们离一千六百年前的鸠摩罗什有多远？我们离两千五百年前的佛陀又有多远？

六、穿越语词的密林

读《大唐西域记》，几乎从一开始就注意到作者在注解中不厌其烦地指出：旧译有误。从国王的名字，到如来佛姨母，到出资建祇园精舍的苏达多，甚至祇园精舍本身，作者都明确指出，旧译存在讹误。

我一直以为一千四百年前唐朝人的译文是很古老的译文，没有想到还有比他们还旧还古、被唐朝人称为"旧译"的译文。

在阅读有关书籍和上网查找资料时，遇到古代印度的人名和地名，会发现新译和旧译往往被交替混杂地使用，而外文里同一个人或同一地名似乎也有不同的叫法。

比如建造祇树给孤独园的舍卫城富商苏达多，除了苏达多的名字之外，他还被称为给孤独长者和善施。他的外文名字有时是 Sudatta，有时则是 Anathapindika。

古代印度人名和地名本来就纷繁复杂，诘曲聱牙，不同的外文叫法和中文译法交叉混杂，就更增加了理解的难度，令人不知所云。为什么会出现这样的现象？

说来有些话长。

佛陀生活在公元前六世纪的古代印度。当时，通用语是梵语，但与此同时各地还流行各自的方言。

早期的梵语以成书于公元前一千五百年至前一千年间的四部《吠陀经》，印度最古老的文献为代表，因此也被称为吠陀梵语。因为《吠陀经》被奉为圣典，吠陀梵语从此固定不变。但人们在日常生活中所使用的梵语，则随着时间的推移一直在变化和发展。在公元前四世纪至前二世纪，其语法和规则逐渐被固定和规范。相对于各地方言，梵文可谓雅语，而各地方言则被称为俗语。

佛陀讲经时经常使用摩揭陀国的方言，即印度东部的俗语。曾经有僧人建议佛陀将当时宗教仪礼中尚在使用，但日常生活中已不再流行的古吠陀梵语作为僧人的统一语言，并以此记录佛经，避免日后因翻译带来的问题。但是佛陀没有采纳这种意见。一行禅师在《故道白云》中讲道，佛陀认为：

> 正法是活的法，用来传播正法的语言应该是人们日常应用的语言。我不想教理用一种只有学者才明白的言语来传播……我希望我所有的出家和在家子弟都能以他们的母语修习正法……正法是要可以用于现世的，更要与地区性的文化融汇。

佛陀主张以日常语言，而非只有学者专家才懂的古代典籍中的语言来传法。他并且希望信徒能以自己的母语修习佛法。但佛陀也许已经意识到翻译在佛经日后传播中可能带来的问题，所以告诫后人："依法不依人。"

佛陀涅槃两百年后,在华氏城结集编定佛经典籍时,使用的语言是印度东部俗语,这些佛经后被称为巴利文佛经。

随着大乘佛教从公元一、二世纪开始逐渐流行,佛经开始普遍使用梵语,这样就出现了梵语佛经。

在佛教从印度向外流传过程中,出现斯里兰卡的僧伽罗文和中亚吐火罗、粟特、于阗和龟兹文的译经,之后又有汉译和藏译佛经。

佛教在公元一世纪传入中国。随着佛教的传入,佛经汉译也逐渐开始。传入中国的主要是大乘佛教,因此多为梵语佛典。

佛经汉译最著名的一个译家是后秦时期的鸠摩罗什,是"旧译"的代表;另一个是唐朝的玄奘,代表着"新译"。

鸠摩罗什生于 334 年,卒于 413 年。根据梁慧皎《高僧传·鸠摩罗什传》:

> 鸠摩罗什,此云童寿,天竺人也。家世国相。什祖父达多,倜傥不群,名重于国。父鸠摩炎,聪明有懿节。将嗣相位,乃辞避出家,东度葱岭。

鸠摩罗什的父亲鸠摩炎来自天竺,避难至龟兹,娶了龟兹王的妹妹,遂有了罗什。罗什在龟兹出生和长大,但慧皎把他划作天竺人,即印度人,大概是根据籍贯的旧例。

1995 年我在南疆旅行时,经过库车(旧时的龟兹),从那里去参观克孜尔千佛洞。在园区内看到今人所塑鸠摩罗什像,在清晨的阳光里非常清癯、睿智。

龟兹相对于中原文化和印度文化都处于边缘地带,但两个强势文化圈在龟兹,在克孜尔千佛洞,在鸠摩罗什的身上交汇融合,碰撞出绚烂的火花,光耀后世。

鸠摩罗什生活在中国历史上大分裂和大动荡的魏晋南北朝时期。也许,生活在乱世,经历种种颠沛流离、生离死别和流血杀戮,人们在苦难中更能理解佛教

鸠摩罗什塑像

精神，在精神和心灵上也更加需要佛教所带来的那种慰藉和力量。

中印之间佛教交流也在魏晋南北朝时期达到第一个高潮。不仅产生了像鸠摩罗什这样的佛经翻译大家，也出现了像东晋高僧法显那样的大旅行家。法显在公元 399 年以六十多岁高龄前往印度朝圣，412 年归国，开去印度朝圣和取经的风气之先。

罗什在前往长安讲法的道路上，曾被后梁石勒扣押在凉州（即今天的甘肃武威）困居十七年，直到公元 401 年，五十八岁时，才被后秦主姚兴迎请至长安，开始大规模译经弘法。

他和弟子们在逍遥园翻译佛经，前后十年，直至罗什七十岁时去世。他们译出《妙法莲华经》《维摩诘经》《阿弥陀经》《金刚经》等经论共七十四部，三百八十四卷。

玄奘生于 602 年，卒于 664 年，比罗什晚两个世纪。玄奘从西天取经回国后，在唐太宗的支持下，在长安建立译经院，汇聚优秀的译师，依靠盛唐国力的物质保障，在其后的近二十年中组织了中国历史上最大规模的佛经汉译工程。玄奘及其弟子译出《心经》等经论共七十五部，一千三百三十五卷。

罗什和玄奘领导各自的翻译团队大规模介绍和翻译佛经，形成了佛经汉译的两座高峰。

只是，这样一来，古印度的人名和地名，在印度，根据使用的是梵文还是巴利文佛经版本，出现两套不同的提法；翻译成中文，根据译者的不同又形成两套不同的译名。

还以苏达多为例。Sudatta 是他的梵文名字，意谓善施；Anathapindika 则是巴利文佛经中他的名字。后秦鸠摩罗什将他译作"给孤独长者"，在玄奘笔下他则是善施长者。

而舍卫城和室罗伐悉底，祇陀和逝多，耆阇崛山和鹫峰，分属旧新两套佛经汉译系统，同时存在，并行不悖。这无疑增加了后人理解佛经和佛教世界的难度，读者容易被绕进去，云山雾罩，搞不清说的到底是谁人、何景、何地。

这让我又想到另一个问题。玄奘在当时印度佛教研究最负盛名的那烂陀寺院留学，又在印度广泛游历，堪称佛学和印度研究的权威。既然他这样的权威学者和译者在唐朝已经明确指出旧译有误，为何那些旧名和旧译在后世依然能够广泛流传？为何我们继续说舍卫城、祇园，反而很少使用室罗伐悉底和逝多林的译法？为何在千余年间人们继续以讹传讹，而没有去改用正确的译法？

这个问题令我困惑和费解。

我回忆起自己印度之行后第一次读《金刚经》的阅读感受。在很长时间里，佛经就像大雄宝殿里的释迦牟尼鎏金铜像一样，让我既无比敬畏，又敬而远之。受驴友的影响，也因为在舍卫城祇树园参观时看到了金刚宝座和古井，旅行之后我好奇地打开了《金刚经》。

我的手头正好有一本中国社会科学出版社出的《金刚经今译》，包括了现代人的今译、后秦鸠摩罗什和唐朝玄奘的译文。我按书的顺序先读罗什的译文。虽然经文是如此高深玄妙，但译文流畅直白，朗朗上口。似懂非懂之间，我几乎是一口气读完全经。玄奘的译文排在其后，读起来明显感到晦涩和艰深，未能卒读。

把罗什译文和玄奘译文放在一起对照着阅读，是蛮有意思的阅读体验，可以从中获得一些虽然粗浅但是相当直观的印象。这里试比较一下开头几段。

罗什译文	玄奘译文
第一和第二段： 如是我闻： 　一时佛在舍卫国祇树给孤独园，与大比丘众五千二百五十人俱。	第一段： 　如是我闻，一时薄伽梵，在室罗伐，住逝多林祇树给孤独园，与大苾刍众千二百五十人俱。

比较两家译文，明显相异之处包括：

1. 段落上，罗什译文将内容分成两段，"如是我闻"单起一段；玄奘译文只有一段。

2. 第二句话中罗什使用"佛"的译法，玄奘译成"薄伽梵"，采用梵文音译。

3. 罗什将 Jetavana 译作"祇树给孤独园"，玄奘译成"逝多林祇树给孤独园"。玄奘在《大唐西域记》中曾指出旧译"祇树"不准确，改译作"逝多林"，但同时又继续保留旧译，糅出"逝多林祇树给孤独园"的译法。把"逝多林"和"祇树"同时放在一起，其实是把一处地名连续翻译两边，是在重复翻译。新译面对旧译的强势和普遍流行，似乎有些无可奈何。

4. "舍卫国"是罗什译法，玄奘译作室罗伐，更接近原文发音。但后世知舍卫而未必知室罗筏。

5. "大比丘"/"大苾刍"：比丘已是音译，玄奘改译成苾刍，不知是何考虑，不知在唐音中后者是否比前者更接近印度发音。

罗什译文	玄奘译文
第三段： 　　尔时，世尊食时，著衣持钵，入舍卫大城乞食。于其城中，次第乞已，还至本处。饭食讫，收衣钵。洗足已，敷座而坐。	第二段： 　　尔时世尊于日初分，整理常服，执持衣钵，入室罗伐大城乞食。时薄伽梵于城中行乞食已，出还本处。饭食讫，收衣钵，洗足已。于食后时，敷如常座，结跏趺坐。端身正愿，住对面念。

两相比较，

1. "食时"/"日初分"：两个版本在佛陀去舍卫城乞食的时间上采用两个角度略有不同的时间概念。

2. "著衣持钵"/"整理常服，执持衣钵"：衣着描述略有不同。

3. "敷座而坐"/"于食后时，敷如常座，结跏趺坐。端身正愿，住对面念"：玄奘译文增加一些重要细节，特别是佛陀讲法坐姿，所据版本应更完整。

罗什译文	玄奘译文
第四段： 时长老须菩提在大众中，即从座起，偏袒右肩，右膝著地，合掌恭敬而白佛言：（……）	第三段： 时诸苾刍来诣化所。到己，顶礼世尊双足，右绕三匝，退坐一面。具寿善现，亦于如是众会中坐。尔时众中具寿善现，从座而起。偏袒一肩，右膝著地，合掌恭敬白佛言：（……）

两家译文相比较，

1. 罗什译本缺比丘一段，可能和所据版本有关。比丘礼佛细节，"顶礼世尊双足，右绕三匝，退坐一面"，让我们了解到佛教早期仪礼。

2. "长老须菩提"/"具寿善现"：罗什译文用词似更通俗易懂，形象生动。

3. "偏袒右肩"/"偏袒一肩"：两个译本略有差异。

读罗什译文，哪怕只读上几段，也可以感受到他的文字那种直指人心的魅力。他的译文，虽然不够完整，不那么准确，但是简洁流畅，朗朗上口，便利大众的记忆和传诵，具有一种"神似"。

罗什是西域高僧，汉语并非他的母语。他的佛经汉译成就自然凝聚着他诸多中土弟子，如僧肇、僧叡、道融、昙影的心血和智慧，与他们作为合译者的匠心独运、修辞功底、语言智慧和慧根悟性是分不开的。但罗什对汉语的感悟和把握还是让所有以汉语为母语的人惊叹和羡慕。由他开创的"译经体"后来成为佛经汉译的一种套路，被后世译家，包括玄奘，广泛采纳和沿袭。

相对于罗什根据当时西域流行的版本进行翻译，玄奘翻译所据版本来自他从印度直接带回国的佛经，在版本上具有更大的权威性，译文内容更加完整和准确，从开头几段即可看出。玄奘译文增加了罗什译本没有的两个重要细节，即佛陀讲法坐姿和比丘礼佛的仪礼。

玄奘在新译中追求尽可能贴近原音、原序和原意去翻译佛经，但不论是在具体人名、地名和术语的处理上，还是在文字总体感觉上，新译相对于旧译，显得艰涩生僻。

在"舍卫国"和"室罗伐悉底国"之间，在"长老须菩提"和"具寿善现"之间，在"祇园"和"逝多林"之间，在"央掘摩罗"和"鸯窭利摩罗"之间，在"耆阇崛山"和"姞栗陀罗矩吒山"之间，大众接受的心理如果向前者倾斜，在两难之间选择较易，也是情理之中的事情。也许，我们的民族更多的是一个喜欢随喜而非求真的民族。

新译未能取代旧译，两种译本和两套译名始终同时存在。《金刚经》《维摩诘经》等几部后世流传较广的佛经，广为传诵的多为鸠摩罗什的译本。

有意思的是，三藏法师在西天取经路上在沙漠中断水坚持五天四夜一直默念的《心经》，法师的译本《般若波罗蜜多心经》在后世比罗什译的《摩诃般若波罗蜜大明咒经》似乎更为流行，译文的澄澈精湛让人感觉有如神来之笔。

每位译家有其自己的风格，新译和旧译各有得失。每个读者也会青菜萝卜各有所爱。其实对于我这样的普通读者，完全不必纠结于新译旧译之分，重要的是选择适合自己阅读和理解水平的译本。

多年前，语言学家陈原曾经用尘元的笔名在《读书》杂志上开设专栏《在语词的密林里》，写过一组关于语词的文章。如果可以借用陈原先生的意象，佛经的语词又何尝不是一片密林。它不仅涉及语词本身，而且还涉及语词在不同语言之间的转换。

　　后世读者遥想十几个世纪之前那些佛经译师开山的筚路蓝缕，自会心存感念，同时也可以从中细加体会，找到适合自己穿越佛经语言密林、叩开佛经世界大门的方法。

　　三藏法师在去印度的路上曾经经过"屈支国"，即古龟兹国。我好奇地想知道书里是否提到鸠摩罗什，想知道来自中原华夏文明最核心圈、生活在强大和统一的七世纪大唐帝国的高僧和翻译大家会如何看待两个世纪之前生活在中国历史上大分裂和大动荡时期、两次被逼破戒、在前往长安的道路上被迫困居凉州十七年、汉语并非母语却确立佛经汉译"译经体"、祖籍天竺的西域高僧和翻译同行。

古龟兹国遗迹

《大唐西域记》关于"屈支国"内容不长，抄录于下：

> 屈支国，东西千余里，南北六百余里。国大都城周十七八里。
> 宜糜麦，有粳稻。出蒲萄、石榴，多梨、奈、桃、杏。土产黄金、
> 铜、铁、铅、锡。气序和，风俗质。文字取则印度，粗有改变。
> 管弦伎乐，特善诸国。服饰锦褐，断发巾帽。货用金钱、银钱、
> 小铜钱。王屈支种也，智谋寡昧，迫于强臣。其俗，生子以木押头，
> 欲其遍递也。伽蓝百余所，僧徒五千余人，习学小乘教说一切有部。
> 经教律仪取则印度，其习读者，即本文矣。尚拘渐教，食杂三净。
> 洁清耽玩，人以功竞。

龟兹人，"文字取则印度，粗有改变"；"经教律仪取则印度，其习读者，即本文矣。"这样说来，慧皎在《鸠摩罗什传》中提到，罗什母亲在怀上罗什后"忽自通天竺语……众咸叹之"，其实并不像后人想象的那样神奇，因为龟兹文深受印度语言影响，当地人念经读的都是原文佛经，通天竺语应该不是一件难事。

玄奘提到了国王，"智谋寡昧，迫于强臣"。还提到当地一种习俗，小孩出生后用木板箍头，久而久之就形成"遍递"头形，大概就是扁头了。不过罗什似乎并没有受这种习俗的影响，或者他那个时代这种习俗尚未形成。三藏法师在书中没有提到鸠摩罗什。

七、灯火阑珊处的世界

读完一行禅师的《故道白云》之后，我觉得自己和舍卫城的距离被拉近了，我好像没有那么茫然，也不再是两眼一抹黑。只是在传奇故事讲述的舍卫城和我

在印度北方邦室罗伐悉底看到的残砖剩瓦之间，似乎始终隔着一层纸，未曾捅破，使得两个世界无法沟通和对话。

我又打开《大唐西域记》今译本，希望能从三藏法师当年的亲身经历中获得启发和线索。

《大唐西域记》共十二卷，从离开高昌之后的第一国阿耆尼国（焉耆）开始，到楼兰境内的那缚波故国结束。秘书著作佐郎敬播在"序"中指出：

> （玄奘）亲践者一百一十国，传闻者二十八国。

今译本目录中提及的国名，我粗粗数了一下，有一百四十七个。

当我在今译本印度部分的卷六看到"室罗伐悉底国"的标题时，不觉眼前一亮。这个室罗伐悉底是否就是司机卡比尔开车把我们带到的 Shravasti？

关于"室罗伐悉底国"的注释，其实出现在卷五的最后一节，书中第一次提到该国名时，书作者加的注释是：

> 旧曰舍卫，讹也。

原来舍卫乃是唐以前的旧译，玄奘认为旧译有误，改译为室罗伐悉底。舍卫城乃舍卫国的都城。

从印度回来以后，我一直无法确定卡比尔把我们带到的 Shravasti，室罗伐悉底是否就是舍卫城，没有想到三藏法师的书一下子就使这个困扰我多时的问题迎刃而解。

我终于可以肯定，我们确实到了舍卫城。

在印度参观时获得的景点旅游材料提到该地名时，有时写作 Shravasti，有时又写成 Sravasti，差别只在一个字母，一为"sh"，一为"s"。由于古代汉译不论是室罗伐悉底还是舍卫都采用卷舌音，逆向推断，猜测即使拼写成 Sravasti，"s"音似乎仍然应发成卷舌 sh 音。懂梵文的朋友后来告诉我，Shravasti 是舍卫的梵文拼法，Sravasti 是其印地语的拼法，sh 和 s 在这里都发卷舌音，接近汉语拼音的 X 音。

除了 Shravasti/Sravasti，我在印度景点介绍材料中还看到过 Sravasti（Sahet-Mahet）和 Sahet（Jetavana）的说法。这些不同的外文名称和名称的不同组合着实让人迷惑和头痛。Sahet/Jetavanai 和祇园精舍到底是怎样的关系？Sahet 和 Mahet 究竟各指何处？它们和 Shravasti/Sravasti 之间又是什么关系？

我们在景点参观时共获得两份材料，一份为黑白手绘景点图，是刚进门时获得的；另一份是彩色简介，参观完毕临走的时候才要到。

黑白示意图方向为上北下南，最上为河，临河为 Sravasti（Mahet），下方，也是图中主体部分，为 Sahet /Jetavana。

彩色简介中有一略图，方向为左北右南，但没有给出比例尺。最左侧（北面），阿奇拉瓦第河（Archiravati）绕城而过；临河为 Mahet，居图中部；图右下方（西南方）为 Sahet /Jetavanai。

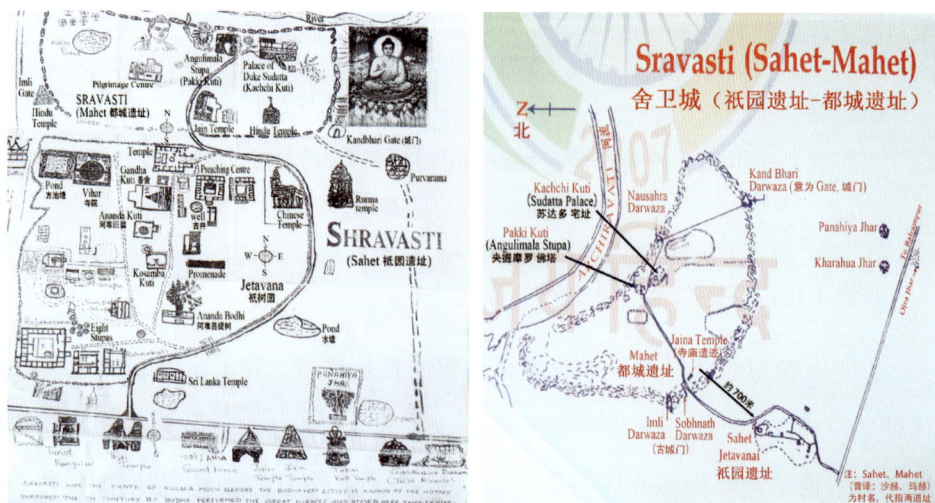

舍卫城 Shravasti 导游图

由于两图互不一致，所以我一直无法搞清 Sahet/Jetavanai 与 Mahet 以及 Shravasti/Sravasti 之间的关系。

当我在《大唐西域记》中读到：

城南五六里，有逝多林，是给孤独园。

当时，我恍然若悟，赶紧找出彩色简介。在略图上，Sahet 恰好在 Mahet 南面，两者之间确有一段距离。虽然图上没有比例尺，无法判断这段距离是否有"五六里"，但位置关系与玄奘的记述是相符的。

"城南五六里"这短短五个字好像一束强光，穿透了隐隐将故纸堆里的舍卫城和北方邦的室罗伐悉底隔开的那层薄纸，将两个世界打通。一切变得鲜活和生动。

原来，Sahet 为祇园遗址，Mahet 是舍卫都城遗址。Sahet 是十九世纪对室罗伐悉底一带进行考古发掘时建在祇园遗址上的村落在当时的名称，建在舍卫都城遗址上的是 Mahet 村。

Jetavanai 是祇园精舍的梵文写法，Jeta 是王子的名字，意谓胜利者。罗什把他译作"祇陀"，玄奘译作"逝多"。Vana 意为树林。"逝多林"和"祇树园"指同一地方，逝多（或祇陀）太子的花园。

在室罗伐悉底的那天上午，卡比尔把我们放下参观的地方，正是舍卫国都城西南五六里外的祇树园。

我感觉自己好像一个幸运的漫游者，看到一处有些荒弃的园子，好奇地推门进去，不意发现闯入的竟是一座美丽的花园，于是流连忘返，不知不觉中度过一个如梦如幻的上午。事后一直无法确定那日究竟是在梦游、神游还是云游、旅游，一直将信将疑，半信半疑，直到有一天，读到一位二十世纪越南僧人写的关于两千五百年前伟大觉悟者的传记，又翻到一本一千四百年前唐朝寻梦人留下的探宝手记，方如梦初醒，恍然有悟。方知那日所见乃两千五百年前的舍卫国都城舍卫大城，那座美丽的花园乃佛陀讲授《金刚经》的祇树给孤独园。

由舍卫城我又想到在印度参观时到过的另一处景点。LP 导游书在王舍城部分提到一处景点，当地名称为 Griddhakuta，加了英文解释，Vulture's Peak，我由此猜想是灵鹫山。在其他地方还见到 Gijjhakuta 的提法，似指同一处。我不知该如何拼读这些地名，有限的西方外语知识面对南亚语音全然失效，张口结舌，只好当起哑巴。

灵鹫山在我的印象里一直是神话和武侠小说中的虚幻风景。当我们从菩提伽叶驱车来到王舍城外 Griddhakuta 的山脚下时，我不禁产生云里雾里、亦真亦幻的感觉。

此时，晨雾尚未散去，山景美轮美奂，气象万千，那份神奇和美妙，让人感动、震撼，怦然心动，是语言所无法表达的。眼前的景象让我几乎可以肯定，这里必是佛陀禅修过的地方。

后在《大唐西域记》中读到关于"姞栗陀罗矩吒山"的记载，虽然玄奘给出的译名令人望而生畏，手足无措，但是和同样佶屈聱牙的外文名称倒似乎蛮般配。

三藏法师这样写道：

> 接北山之阳，孤标特起。既栖鹫鸟，又类高台。空翠相映，浓淡分色。如来御世垂五十年，多居此山，广说妙法。

"空翠相映，浓淡分色"，三藏法师的文字简约、含蓄，既有唐人散文的散淡，又具僧人法书的内敛，意蕴悠远，耐人寻味。

文后加了注解：

> 唐言鹫峰，亦谓鹫台。旧曰耆阇崛山，讹也。

原来鹫峰和灵鹫山与《故道白云》里提到的"耆阇崛山"指的是同一个地方，

王舍城外那片绵延起伏的奇妙山峦，古印度著名的宗教修行道场。佛陀和耆那教教主尊者大雄都曾多次带领弟子到此禅修和讲法。学梵文的朋友后来告诉我，Griddha 在梵文中的意思就是秃鹫，kuta 意为峰、角。Griddhakuta 是梵文拼法，Gijjhakuta 是巴利文拼法。

我也终于可以肯定，我们确实到了灵鹫山。

一直希望自己能够读万卷书，行万里路。读万卷书大概是指不上了，行万里路因为现代技术的发展变成不费吹灰之力的事情，失去其原初的意义。不过，自己走过的路和读过的书在舍卫城，在灵鹫山，在《大唐西域记》的世界里好像终于交织会合。

第一次，一场旅行将读书和旅行和心灵体验如此紧密地联系起来，那么强烈、浓厚、胶着。

合上书，默坐桌前。心中生出欢喜。

读书和旅行的快乐莫过于此。

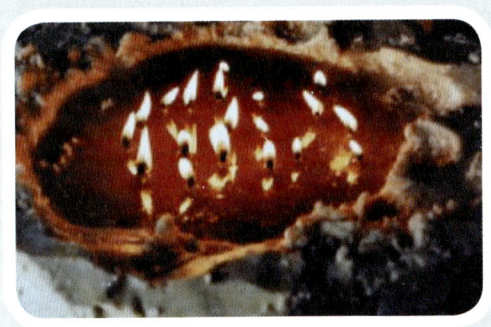

第二章

困顿的风筝

赞美你，我的主，为那些
借着对你的爱而宽恕的人，
那些承受磨难和疾病的人：
如果他们持守平和，他们是有福的，
因为他们将获得你，至高者的加冕。

《太阳兄弟之歌》
意大利 圣方济各

　　如果没有2013年所发生的一切，我大概会两眼一抹黑地来到舍卫城，懵懵懂懂地离开祇树给孤独园，对于舍卫城依然所知寥寥，虽然内心体验到无法言说的震动和欢喜，虽然相册里多了一些说不清、道不明的砖砖瓦瓦和雾中树影的照片。

　　印度之行后，我和驴友各自忙着各自的事情，有很久没有联系。有一天，我们又拿起电话。

　　"我想给你讲一个故事。"我说。

　　"说吧，我听着。"她说。

　　"一个简单的人遇到一个复杂的人。简单的人以为复杂的人是简单的人；复杂的人以为简单的人是复杂的人。简单的人偏巧是个死心眼；这两个人碰上了。"

　　"后来呢？"

　　"后来……"

电话里出现沉默。

"那是一场劫难。一场 tsunami。老天开了一个玩笑，大方了一点。"

"让我也给你讲一个故事。"她说。

"好，我听着。"

"有一天，一个人醒来，感觉到腹胀。她去看医生，吃药、打针，试了多种办法。日子一天一天过去，症状没有好转，直到有一天，医院告诉她，那是腹水，她长了肿瘤。"

沉默。在电话的两头。眼泪涌满我的眼眶。

2013 年是有生以来最黯淡和低落的一年，虽然这年开始的时候，一切都还显得不错。

年初，我去欧洲旅行，去了伦敦、巴黎、罗马，探亲访友，寻古探幽。我还拜访了一位九十高龄的法国老教士，一位作家。临行之前，我尚不能肯定一定会见到他，因为他刚刚摔跤骨折，住进了医院。在我到达时，他已经出院，由从老家村子专门赶来的八十二岁的妹妹照顾起居。

我们已有十年没有见面。六年之前，我去非洲维和，转机经过他居住的城市，本来说好去拜访他，可惜飞机晚点八个小时，计划只能泡汤。十年之后终于见到他，虽然只有短短的半个小时。他的仁爱和智慧还是那样温暖、宽厚，让人感动。

当我起身准备告辞时，他对我说，要去书房找一本圣徒方济各的书送给我。他站起来，扶着带四个轱辘的推车，慢慢地走进书房，来到书架前。他借助推车支撑自己高大的身躯，腾出两只手，不停地从书架上取书、放回，再取、再放。在一间书屋里找，觉得不满意，又推着车慢慢挪到另一间书房，继续找书，取下，放回，不厌其烦。他的妹妹在旁边帮助他。

我感到过意不去，几次劝他不要再找，告诉他我可以回去以后去图书馆和书店打听。但是他并不理会我的请求。当他终于找到让他感到满意的版本，把书拿给我时，伤骨的疼痛使他不得不先坐下来休息一会儿。看着他费力地喘着气，身体疼痛的样子，我的眼泪几乎要掉下来，深感歉疚。看到我的不安，他反而又来宽慰我，让我喝茶，吃点心，减少我的不自在。我们就这样告别了。非常巧合的是，两个月后，教廷选出一位新教宗，他给自己定名为方济各一世。

从欧洲回来后不久，我经历了一场感情挫折，一向相信自己的直觉和判断力的我，突然之间不得不对自己所有的直觉和判断力产生怀疑，整个人好像遭遇了一场海啸，一下子被打蒙。

在那些黯淡的日子里，老教士送给我的圣徒方济各的书一直陪伴着我。每天早上，坐在阳光里，翻开书，读上一段。眼泪很快就会涌满眼眶，视线模糊了，读不下去了，就合上书，静静地坐上一会儿。然后，擦干眼泪，开始新的一天。第二天，继续读，直到眼泪让我读不下去。方济各的书支撑着我的精神，让我没有垮掉。

夏天的时候，我决定拿出一个月的时间去南美的厄瓜多尔和秘鲁旅行，希望安第斯山脉的大山深谷和印加文化的古朴悠远能够带来慰藉和解脱，让自己重新振作起来。

旅行从厄瓜多尔的首都基多开始，以徒步四天从秘鲁的印加帝国古都库斯科走进丛林深处的 Machu Picchu 结束。"印加古道"路线需要提前几个月时间预订，我没能赶上，只能绕道 Salkantay 雪山，翻过一处四千六百米的山口，再下到热带丛林中，最终到达印加废墟。我预感到这条路线所要求的体能和脚力会超过我实际的能力，但旅行社说可以提供马匹，走不下来可以骑马，这样就打消了我的顾虑，促使我决定去尝试一次。我清楚地知道，只有具有震撼力的旅行和风景才能把我从这一次的危机和挫折中解放出来。

徒步旅行的第一天，走了四个小时，十余公里。第二天，我们天亮出发，一

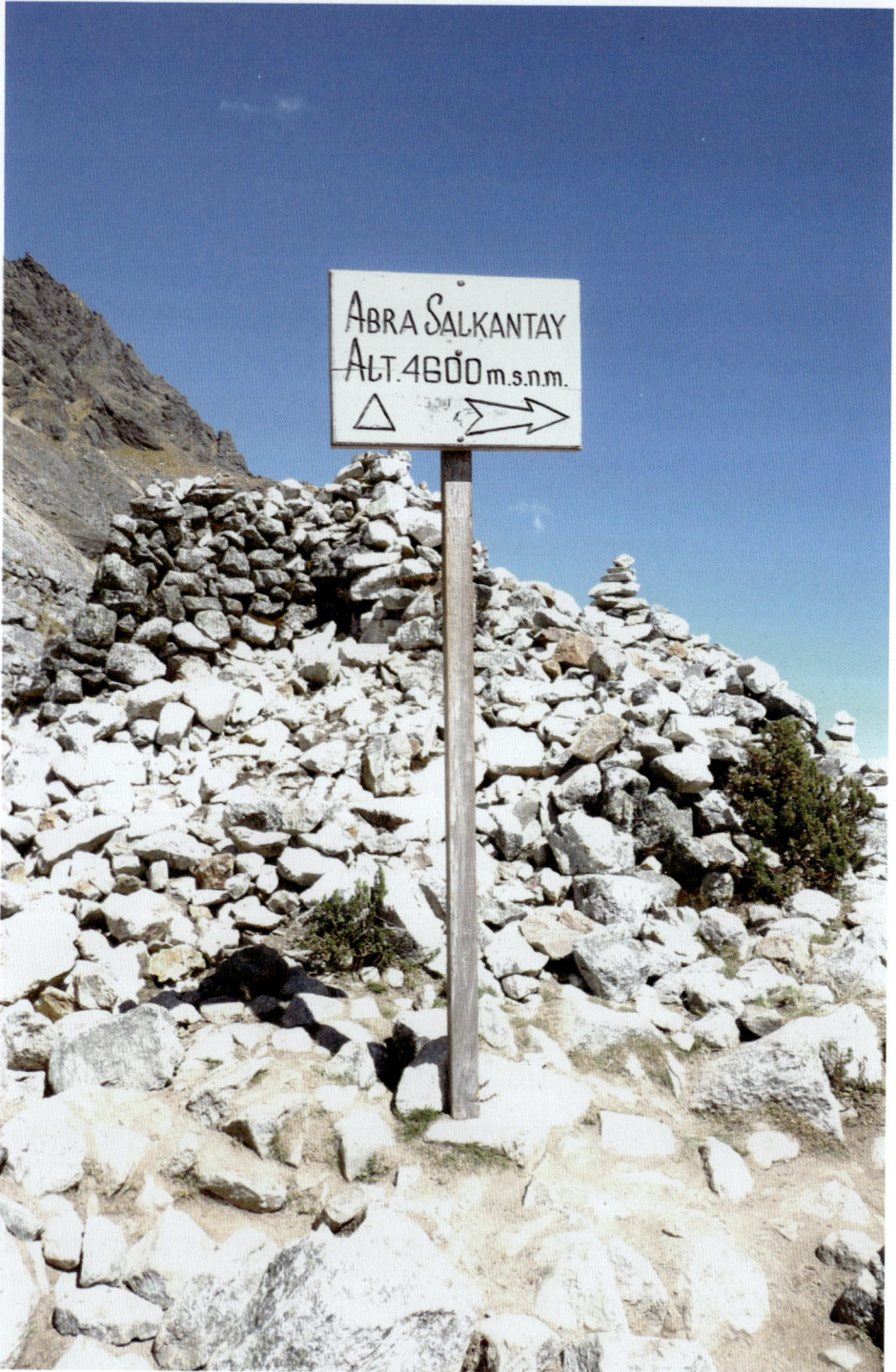

秘鲁印加古道

路是缓慢的上坡，用三个半小时走到最高的山口。高海拔让我感到吃力，一步一喘。但是安第斯的太阳无遮拦地照在身上，和雪峰相伴而行，我的内心变得明朗、乐观、自信。当我终于走到山口的时候，我知道，自己在精神上也终于迈过了一道坎，重新站立了起来。

不禁回想起在冈仁波齐转山到达卓玛拉的情景。那个时候，自己年轻，无知无畏，无忧无虑，满心只有对自由、美好、快乐和未知的憧憬和向往。而今人到中年，身心俱疲，伤痕累累，不免感慨。好在，自己毕竟坚持走到了山口，毕竟又振作起来。

从山口下山到宿营地还有十余公里，一路都是大下坡。我的受过伤的脚已到极限，只能改骑马下山。山间小路的另一侧是切割很深很陡的山谷和河床，骑在马背上，重心抬高，正好俯视深谷和激流，让人越看越提心吊胆。虽然我曾经学过骑马，但此时不敢稍有大意，两腿使劲夹紧马肚，以免摔下来。走在前面的马夫也不时回头张望，不断提醒我，生怕我大意，出现闪失。这样的骑马下山实在不是一件轻松的事情。到了营地，我的大腿、小腿和脚腕都动弹不得，寸步难行。

休息了一夜，第四天沿着河谷另一侧的山间印加古道又走了五个小时，到达可以通车的地方。最后的一个小时，基本是一步一挪地走下来。当我走到停车场，进入已经坐满了乘客的小巴士时，大家为我这位落魄的慢跑冠军热情地鼓起掌来，我的眼泪忍不住哗的一下落下来。

小巴沿山路把我们带到火车站，从那里换乘全景小火车，来到 Machu Picchu。九年前曾经到此一游，此次乃故地重游，不免有物是人非之感。

Machu Picchu 之后，我从库斯科坐飞机回到秘鲁首都利马，在那里停留一夜，第二天晚上再坐飞机打道回府。因为有大半日的空闲时间，我参加了一个利马老城半日游的项目。游览项目包括博物馆、总统府前的大广场，还有教堂，作为最后一站。

教堂的项目里包括参观 catacomb，但等我终于明白这个词的含义时，为时已晚，我已被带到一片面积很大的地下墓园。从十六世纪最早来到利马的殖民者开始，几个世纪以来这里一直是墓地，直到十九世纪初玻利瓦尔解放秘鲁进入利马后，出于公共健康考虑，才予以关闭。两个世纪之后，此地重新开放，成为旅游景点。而我一旦被导游带到这里，除了尽快地通过那又长又暗的地下墓道之外，别无选择。也许，这也是冥冥中的天意吧。

回家之后，我的肺部再次感染，两年中的第二次。

上一次得肺炎是在 2011 年春天，我从非洲回来已经两年多，刚搬了家。因为连续发烧三日，不得不去医院看急诊。一位医生亲戚对我说，去急诊室之前，得吃饱了，喝足了，穿暖了，因为急诊室有它的一套程序，往往得等不少时间。好在，医院为发烧病人设立了快速通道，很快就轮到了我。

一拍 X 光片，发现两叶肺都感染，并且是在肺结核的位置上。看到我来自发展中国家，又去过不少艰苦地区，医院怀疑我得了肺结核，立即把我隔离起来，关进单间，之后的半天就再没有人来过问。医生直到下午才终于出现，还带来一大堆实习医生。大概他们以为我是一个比较典型的肺结核病例，可以成为教学案例。

我在 2007 年至 2008 年期间曾经去非洲刚果首都金沙萨生活了十五个月，为联合国在刚果的维和团工作。去刚果之前，我在六周时间里密集接种了六种疫苗，包括乙肝疫苗的第一针。一个月后，我在当地打了乙肝疫苗的第二针。打完后方意识到当地卫生条件有限，决定不再打第三针。当地是疟疾，包括脑疟的高发区，需每周吃抗疟药进行预防，但药的副作用大，伤肝，人服用后往往情绪低落，恶心头痛。

从非洲回来后做体检，发现自己肝部有反应，脸上开始不断长包和疙瘩。青春期未曾长痘，人到中年却冒了出来。情绪低落，易怒，懒得出门，对外部世界失去兴趣。经常会莫名其妙地头痛。后来在一部介绍达尔文的记录片中看到达尔文结束环球旅行回到英国后，也会经常莫名其妙地头痛，猜想这大概是热带丛林留给到访者的一点纪念。

我在民刚度过的十五个月相对来说是一个比较平静的时期。在我到达金沙萨的三个月前，两派曾在首都闹市区使用重型武器交火，我的办公室的玻璃门窗上还留有子弹的痕迹。有两位女同事，当时刚到没有两周。叛军进城时经过她们的住处，顺带将她们带来的内衣一并抢走。幸亏叛军进城时已是上班时间，她们人在单位，从而得以躲过骚扰。

我曾听说，几年之前，在东部的一座城市，一支叛军突袭，一位女同事未能及时撤离，遭到强暴，叛军又残暴地用枪把她的膝盖打坏。打击来得太突然，太粗暴，太沉重，她的精神难以承受，失了常。后来她带着痛苦、忧伤和伤残的身心回到自己的家乡。

这些，我都幸运地没有赶上。

刚果地广人稀，物产丰富，盛产钻石、黄金、铜，地下藏有石油，地上拥有世界第二大热带雨林。土地肥沃，播下一点种子，地上都会长出东西。可惜，这个国家好像陷入了财富的诅咒，政治腐败，治理混乱。在二十世纪五十年代，南方产铜区闹独立，引发第一轮冲突和动荡。联合国因此在刚果建立了在非洲的第一个维和团。六十年代，蒙博托军事政变上台，实施独裁统治，国家虽然表面繁荣，但日后内乱的种子已经埋下。

九十年代初，蒙博托政权被推翻，刚果陷入内战和冲突。战争使得百姓流离失所，热带雨林的瘴气疾病和基本生活设施遭到破坏更加剧了民众的苦难。十年战乱导致四百万人丧生，成为二战结束后世界上死亡人数最高的内战，而他们中绝大部分并非直接死于枪林弹雨。首都金沙萨从"美人"（la belle）沦落为"垃圾场"（la poubelle）。

在这样的环境里工作的维和团也未能幸免，几乎每月都有葬礼，而他们多半也不是牺牲在枪林弹雨之下。我的一生里从来没有如此密集地见证生命的逝去。

有一位孟加拉国飞行员，二十七岁，风华正茂的年纪，因为疟疾，五天之后不治身亡。还有大车班的当地雇员迈克尔。我下班晚，坐班车回家，车里人少，如果遇到迈克尔，我们就会聊当地的流行音乐。刚果的音乐享誉非洲，迈克尔对此显得很在行。他曾对我说，过一段时间，等大家都有空了，就一起去城里的唱片店，帮我选唱片。

过了一段时间，我在墙上看到一张不起眼的讣告，说迈克尔去世了。我问是否就是大车班的那位迈克尔，别人告诉我正是他。他去世的时候只有三十岁，也不知怎么就走了，留下妻子和一个年幼的孩子。

我还认识一位菲律宾同事，我因为不爱戴近视眼镜，有时在单位楼道里碰上他，经常是走到跟前才认出来，每次都会被他嘲笑，说我"无视"他。海地地震的时候，他正在维和团总部大楼上班，被埋在了废墟里面。他的家人后来捐资将他的名字刻在中央公园一张临湖的长凳上，作为纪念。

在海地的那场地震中，同样被埋在废墟里的还有在去维和团之前和我一起在意大利南部小镇接受为期一周岗前培训的巴西警官克莱伊顿。我们在模拟练习中经常被分在一组。他走的时候应该没到三十岁，留下一个年幼的孩子。

比起他们，我是幸运的。

我遇到了最好的团队，有幸同很多无私和热情的人一起工作。维和团团长极具人格魅力，他的顾问是一位退役的巴基斯坦将军，从容淡定，和蔼亲切。记得，有一次，内地一个省爆发埃博拉疫情。今天，因为埃博拉在西非大范围的暴发，这已经不是一个陌生的字眼。但是，在2007年，我还是第一次听说。疫情的消息让大家心头沉重，因为当时的医学知识说这是死亡率最高的传染疾病。

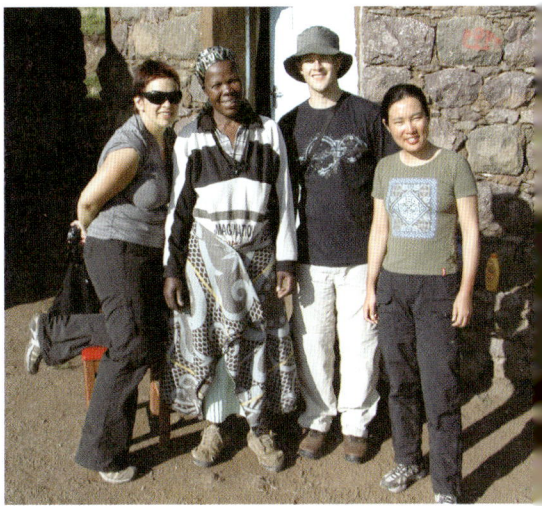

刚果（金）维和

维和团在该省省会设有办事处。如果省会出现一例疫情，整座城市将被封城二十一天。办事处需要储备应急物资，但是负责空中运输的合同商不愿冒风险，拒绝让运输机起飞。维和团长和他的顾问决定用专机携带应急物资立即前往办事处视察和慰问，鼓舞士气。从早上上班开始，大家就马不停蹄地为这趟旅行做准备和安排。到临出发前，维和团长对我说："这一次你就不用去了，我们两个老头子去一趟就可以。"很朴素的话，温暖人心。

经历了在藏区的旅行和历险，又曾经多次去非洲出差，我以为自己是挺皮实的一个人，所以主动报名去维和。在维和团里，我幸运地遇到最好的维和团团长和最好的团队。但即便如此，从战乱和贫困的刚果回来，回到歌舞升平的繁华世界，我也感到茫然、纠结、难以适应。非洲的苦难和生命的脆弱超过了我的想象，我或许也没有自己想象得那么皮实。我陷入了中年的困顿。

在印度旅行期间，我和驴友说起自己在非洲的这段感受。驴友则和我讲到她在玉树地震后主动去灾区救灾的经历。临行之前，她的上师，一位曾经在监狱里度过二十年光阴的藏地僧人对她说：你可以用适合自己的方式去帮助灾民。如果你一定坚持要去到灾区第一线的话，你回来的时候，可以先到我这里来住上一段，让我来帮助你进行恢复和调整。

她的上师无疑是一位觉察的智者。我自己用了两年的时间和一场肺炎加胸膜炎完成了重新的适应和调整。

在肺炎痊愈后，我决定开始跑步。开始我的体力只能让我跑五十米，我就从五十米跑起，慢慢地、一点一点地增加，直到能够绕着水库跑完一圈，二点五公里。我从夏天开始，跑过秋天，到年底的时候，我决定去印度旅行四周。我需要这样的旅行。2012年初，天遂人愿，我和驴友得以成行。

印度之行后，我觉得自己开始走出低谷，逐渐地好起来。没有想到，到2013年，情感的挫折使我重新陷入低谷。我希望通过在安第斯高山深谷的旅行走出困境，重新振作，奈何体力透支，肺部二度感染。

我去找上一次治疗过我的医生，告诉他，我大概是感染了利马地下墓道潜伏了几个世纪的大病毒，他听了大笑起来。医生给我用了两个疗程的抗生素，第二个疗程换了更强力的药物，但都没有奏效。他建议用类固醇类药物，我拒绝了。在家卧床几个星期，肺弱，人说不出话，过着与世隔绝的生活，身体和精神遭受新一轮打击。病急乱投医，结果是雪上再添新霜。

路好像走到了尽头，自己的力量也到了尽头。我好像交上了倒霉的华盖大运。Enough is enough。Trop c'est trop。

有时就想，算了，反正天地视万物为刍狗，玩笑一个接着一个，劫难一场接着一场，没完没了，索性爱谁谁，爱怎样怎样吧。

和驴友的那番电话无疑给我极大震动。我没有想到接电话的时候，驴友已经躺在病床上，每天在和死神面对面地直视。她对我说，她想创造生命的奇迹。她的乐观、坚毅和勇气令我感动。

我也想到我的祖母。她缠足，不识字，但是充满爱心。我童年的大部分时间是和她一起度过的。她在我十岁那年离开这个世界。

我在二十岁时写过一段回忆祖母的文字，标题是《紫光》：

与阿娘

> 天色逐渐幽暗下来。
>
> 小囡坐在厨房一角的小竹凳上，看着小人书——猪八戒偷吃西瓜的故事。她看了不下百二十遍了，但是第一百二十一回读起来，她还是看得津津有味。屋里尚未点灯，字有些看不清楚，小囡就把头垂得离书更近一些。若不是阿娘①对她说光线太暗叫她别再看，她或许会把眼睛一直贴到小人书里猪八戒的西瓜上去。
>
> 不看书，那做什么呢？小囡把小人书放到竹凳旁边的桌子上，愣愣地坐着。一柱斜阳从纱门照进屋里，正打在阿娘的后背上。阿娘微躬着身，站在水池边，在仔细地淘米，拣砂子。她光洁的头发，盘在脑后的发髻子，还有一袭黑衣笼罩进一层紫色的光影里。光线暗淡了，阿娘的影子越来越模糊，融融的，散发出昏黄的暖意。
>
> 做什么好呢？小囡看到桌子上放着的瓜子，忽然有了主意。

---

① 舟山方言里对祖母的叫法。

她不声不响地剥满一小手心的瓜子仁，蹑手蹑脚地走到阿娘面前，踮起脚，对着阿娘的耳朵轻声说："阿娘，侬闭上眼睛，张开嘴巴好吗？"阿娘正忙着晚饭，没有多想便张开了嘴。小囡的瓜子仁于是就歪歪斜斜地塞满了她的嘴巴。阿娘被这个小插曲搞得有些手忙脚乱，但很快就反应过来，冲着小囡暖暖地说："小囡真乖。"阿娘说的是舟山话，"真乖"听起来像普通话里的"真坏"。小囡很喜欢阿娘这个似贬而褒的夸奖。

听到阿娘的"真乖"，小囡有些不好意思起来。她赶快溜出屋，一蹦三跳地来到院子里。

屋外比家里亮堂很多。小囡把皮筋拴在两株小树上，跳了起来。跳了一会儿腻了，又去踢瓦片走方格子。瓦片还在方格子里乖巧地滑动，小囡的心思已经飞到草地上的一只灰色蚂蚱上。哦，墙根的那朵小黄花飞到哪里去了？！

玩上一会儿，小囡就会跑到纱门边，问阿娘："要我做什么吗？"阿娘照例会扭过头来微笑地说："没你做的事，去玩吧。"看见阿娘的微笑，小囡放了心。不过她没有马上走开，而是隔着门看阿娘挪动小脚在屋里来回地忙碌，直到阿娘扭过头来对她再次微笑之后才去继续自己的游戏。

当晚饭的香味飘进小囡鼻子里的时候，屋外也响起自行车的铃铛声。这时，小囡就放下游戏，冲到门边，躲藏起来，然后屏住气，缓缓地把门一点一点地打开。

"是什么风这样聪明，知道给爸爸开门啊？"

风不作答。爸爸也不着急进门。

慢慢地，门后边探出一个小脑袋，两根羊角辫在风中摇荡。

嘻嘻……

时间过得真快。祖母离开这个世界快要四十年，父母已经年迈，风中的羊角辫离知天命的年纪也不远了。

我的祖父是乡下的读书人，和那个时代的不少乡下读书人一样，他似乎什么都会一点，诗词书画之外，也懂点医术，有些法律知识。

我的曾祖父也是一介书生。村子里的老人还记得一句顺口溜，"路下徐（指邻村）的拳头硬如铁，抵不过思基先生一支笔"，说的就是我的曾祖父。

1937 年，淞沪战役后，有一天他们居住的岛上有人染病，祖父被请去出诊。不知是否日本人投放了细菌弹，病人感染的是霍乱，祖父因此被传染，回家后不久就撒手人寰。十六岁的大姑妈最心灵手巧，也被传染，随祖父而去。

那是一个漫长漆黑的夜晚。屋外，狂风卷着暴雨一直在呼啸和肆虐。屋里，无助的祖母看着睡梦中的分别只有十岁、七岁和三岁的孩子，觉得自己仿佛是漂泊在暴风雨的大海上的一叶弱小和无助的小舟，面对惊涛骇浪，不知将漂向何方。

天亮的时候，一辆人力车停在屋门口，走下祖父的一位朋友，周先生。他闻听不幸，冒着自己也会被传染的危险，顶着大雨从城里赶来，走进被死亡笼罩的屋子。他把祖母和剩下的三个年幼的孩子转移到县城里的安全地方，保住了这一家人的性命。我的父亲就是那个最小的只有三岁的孩子。

祖母在晚年离开海岛来到城里和儿子一家居住，帮助照顾孙儿孙女们。她整天忙碌，洗菜烧饭，做家务，不停地从一间屋子转到另一间屋子，从屋前转到屋后，从清晨转到黄昏，没有闲下来的时候。因为祖母，我们的日子虽然穷，但是快乐、简单。

她很少出门，因为裹小脚，走路不方便。她也很少串门，因为她只会舟山方言，别人听不懂她的话，她也听不懂别人的话，很难交流。我成了她的小拐棍。一来，她小脚出门不方便，拉着我的手走路就像多了一根拐杖。二来，她说舟山方言，需要我帮她翻译，作她的语言拐杖。

每当居委会召集老太太们开会，给她们念社论，传达革命精神时，她总是认真地参加。不过，对她来说，开会的内容更多的是同邻居街坊点头，打招呼，不停地微笑。

看到别人，她总是报以微笑。别人看到她的时候，她也一定是在微笑。有一次，管我们那一片的邮递员被评上先进，为了报道她的模范事迹，需要配发一张她热情工作的照片，邮递员就推荐我的奶奶作她的群众演员。摄影师觉得我们这片小区作为背景不够典型，特意开着老式三人摩托车，让奶奶坐在司机旁边的大座上，开到更加热闹的小区去拍照。祖母回来后风趣地说，那天让她出足了风头。

我没有见过那张照片，但我可以想象得出画面来：一位热情的邮递员把信送到白发老奶奶手中，老奶奶的脸上露出慈祥的灿烂微笑。

祖母去世后，骨灰送回老家，和祖父合葬在一起。我们在老家没有近亲，有一年父亲出差路过，去墓地祭扫，看到墓碑上开满大朵的喇叭花，沿着碑沿绕成一圈。父亲特意拍下照片，寄给我们。

在2013年的那段时间里，我又想起安徒生童话里卖火柴的小女孩，想起她在最后一根火柴即将熄灭时说的话：祖母，把我带离这个世界吧！

不过，想到祖母所经历的那些日日夜夜，想到她突然之间接连失去丈夫和长女，不知道瘟疫的魔爪是否会放过自己和其他孩子，不知道开始爆发的战争会带来什么样的未来，不知道作为既不识字又缠足的妇女该如何去独自抚养三个年幼的孩子，还有什么能比她所度过的那些日子更难，更苦，更加漫长，更加煎熬，更加难以度过呢？

不知不觉中，我萌发了写点什么的愿望，拿起了笔。写什么好呢？

我回想起自己一路走来所遇到的美丽心灵和所看到的美丽风景。我经历的最有趣的事情，做得最自在、最得心应手的事情，就是旅行了。在艰难的日子里，那些美好的回忆给予我坚持的力量。我决定就从旅行写起。

自己虽然去过一些地方，但真正想动笔去写，这还是第一次。

我决定先写舍卫城，一则时间上靠得最近，印象还深；二来旅行中的感受非常强烈、特别，值得一写。另外我也觉得，自己对于病中的驴友，有一份责任，应该尽快地搞清楚我们在舍卫城看到的到底是什么样的风景，明白为什么舍卫城让我们如此如痴如醉，如梦如幻。

我翻出旅行照片，上网搜索，四处打听。我好像也变成了考古学家，在精神和想象的空间里开始挖掘，一层一层地往下挖，挖掘舍卫城，挖掘和舍卫城有关的人和事，挖掘前辈旅行家的足迹，也挖掘我自己。

因为写舍卫城游记，九十年代在藏区旅行的那些泛黄记忆又被唤起。背上包，离开熟悉的家，离开家的安逸和舒适，出门上路，踏上陌生的土地，去发现和感受，去面对前路的未知、不确定和风险，那些既是始于足下的一步一个脚印，又是用心去感受、用生命去体验的心灵和精神漫游，重新浮现于眼前。

这些旅行和经历，从某种意义上讲，都是铺垫和积累，都是在通往舍卫之路上往前又迈出的一步。

我想把它们也写进来，合成一本书，书名就叫《通往舍卫之路》。

对于没有码字习惯的人，坐下来写字并非易事。特别是刚开始的时候，写得很慢，很吃力。但是渐渐地，我发现，自己居然可以拿着笔在桌子前面一坐四五个小时。我第一次感觉到写作的快乐。它让我专注，带来解脱，我感到自己变得明亮、轻松、干净，写作成了疗伤的最好办法。

日历早已翻过 2013 年这一页，是写作帮助我走出了心灵的 2013。

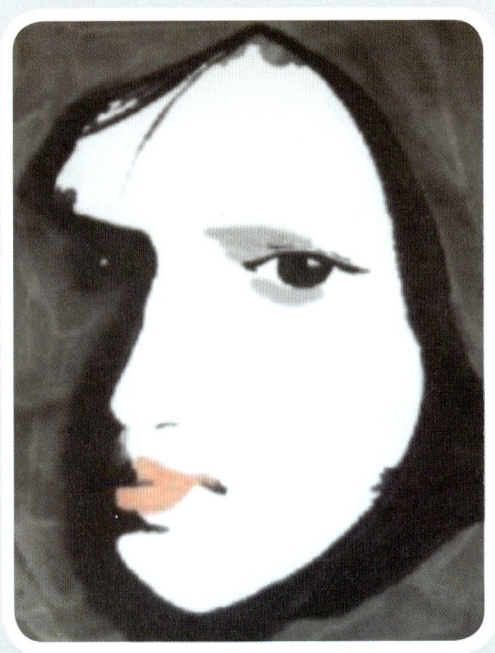

第三章

永远的冈仁波齐

有些人飞过然后停留在花园里，
有些人走到比星星还远的地方。

印度 Amir Khusrau

那好像是已经久远的事情。其实也只是二十年前的一趟旅行。

我已经记不清是什么时候冈仁波齐这个字眼进入我的视野，成为我白日梦的一部分。印象里，那是世界上非常非常遥远的地方一座圣洁和神奇的雪山，是冈底斯山脉主峰里的一座雪峰。藏族视它为神山，认为转山是一生中的一件大事。印度教徒认为它是世界的中心。神山旁边的圣湖玛邦雍错，则是他们的传说中湿婆和毗湿奴度过新婚之夜的地方。

1995 年夏天，我积攒了四十天假，决定去西藏旅行。我渴望去到地图上那片和其他地方颜色都不一样、那片由赭红和雪青绘成的区域，并且梦想能够从东到西穿越世界屋脊，到达西藏最西端的阿里，到达冈仁波齐。

那个年代，在西北和藏区旅行不仅交通不便，而且旅游信息奇缺，基本是口口相传，得上了路以后一边走一边打听。书店里可以找到一些关于西藏的畅销的煽情文艺作品，可是找不到一本导游书，告诉你该怎样准备旅行，提供一些基本的交通食宿信息。

我缺乏经验，又想轻装简行，可以御寒的只有一只一斤半重的夏天用睡袋，一件薄毛衣，一件卡其布夹衣。无知无畏。随身还带了一本十九世纪末瑞典探险家斯文·赫定写的《亚洲腹地旅行记》，供路上排遣时间，或许还能帮助找到一些灵感，得到意外的收获。

临行前，我请教一位对西藏颇有了解的朋友，询问情况，顺便打听去阿里的可能性。他非常干脆地对我说：你根本就不要动这个念头。他的干脆或许不无道理。他曾经多次去过西藏，最长的一次在拉萨住了三个月，但都没有找到去阿里的机会。为了让我不至过于失望，他建议我到拉萨后去阿里办事处打听消息，试试运气，这倒给了我一条有用的线索。

我将胡适先生的名言"大胆假设，小心求证"改装成"大胆想象，小心走路"，就出门了。我不知道自己将去到哪里，能够走到哪里。第一步，先坐火车到青藏高原上火车能够走到的最远的地方，格尔木，从那里坐汽车去拉萨。后面，只能按照从书店里买到的《实用中国地图册》里提供的西藏地图，能走到哪里就算哪里。

二十年后写这段旅行经历，不免会感到一些茫然和尴尬。虽然有些细节回忆起来还那么清晰和真切，但是在不少地方记忆已经模糊和暗淡。真不知该从哪里入手，如何去写。

好在从箱底翻出了当年旅行中随手记下的流水账和用傻瓜小相机拍的有些泛了黄的照片。翻动这些旧时的文字和照片，我突然就想：不如就把它们原样搬抄过来，不加佐料，不作修饰，保留日记体，基本不动，只略加整理和精简，让那些封存发酵二十年的旧文字和老照片自己去说话，岂不是既省心又省力的偷懒好办法？还有什么能比这些文字和照片更本色，更原汁原味，更有说服力呢？

西藏之行示意图

日土
噶尔（狮泉河）
革吉
盐湖乡
改则
唐古拉山口
G109
那曲
中 国
G219
札达
措勤
西藏自治区
古格王国
普兰
冈仁波齐
G317
昂仁
日喀则
拉萨市
尼泊尔
萨嘎
仁布
G318
舍卫城
加德满都
廷布
不丹
印度

1995 年旅行西藏部分路线

一、早安，拉萨！

7 月 7 日

今天是上班的最后一天。要到晚上才能知道出发的日子是明天还是后天，因为从北京开往西宁的火车隔天才有，不清楚具体是在哪天。事先已经准备好行李背包，随时可以动身。

晚上下班回家，骑自行车经过玉蜓桥，桥下有一男两女支一辆平板车在卖水果。新鲜的荔枝很是诱人，想到即将出门远行，觉得应该犒劳一下自己。我把车往平板车前一靠，专心地挑了两串荔枝，然后往秤上一放，准备付钱。这时卖东西的姑娘不紧不慢地说："你还有钱吗？"我开始没听明白，后来反应过来，转头去看放在车筐里的书包。没有拉链的书包敞着口，里面的钱包已经不翼而飞。

没有想到小偷竟然如此大胆放肆，京畿之地，光天化日、众目睽睽之下，居然也敢当着大家的面从我书包里拿走钱包。而众人，包括摊主，居然一声不吭，听凭小偷为非作歹，唉，也未免让人失望和叹气。不过，自己也实在大意，太心不在焉，这样还怎么出得了远门？不觉心生好笑，嘲笑起自己来。快快地骑车回家，一面安慰自己，破财免灾。

晚上10点钟，帮我买票的朋友送来火车票，知道是明天一早的火车。赶紧收拾，然后给父母打电话，告诉他们将出远门，四十天后回来。

7月8日

上午9时22分，北京开往青海省会西宁的火车准点离开北京站。火车先走京广线，经过保定、石家庄、邢台、安阳、新乡到郑州，过黄河大桥。黄河河道宽阔，但是中间大片的河床已经干涸，河滩种上棉花和玉米。火车在郑州掉头，走陇海线，进入河南和汉中的平原。晚10点，卧铺车厢熄灯休息。

7月9日

早6点醒。车已过宝鸡。窗外的风景从平原变成了黄土高原。宝鸡至兰州是单线，山洞隧道不断，火车不时停车让道。过天水，风景变得单调，山丘光秃秃的，植被稀疏。快到兰州时，开始下雨。雨水打在没有植被覆盖的光瘠的土地上，带来空气里浓重的土味。

太阳落山的时候，经过湟水谷地，青海富饶的农耕区，麦苗尚青。9点，天黑下来。9点26分，火车到达西宁，比预计的时间提前了几分钟。

我在火车上预定了铁道饭店的房间，最大的好处是可以确保明天去格尔木有卧铺票。在那个年代，买到一张卧铺票不像今天那么容易。到了饭店，门口的保安看了我一眼，说："是藏族学生，放假回家吧！西宁乱，要多小心。"能被当地人当成藏族学生让我不免心生得意，也感谢他的善意提醒。

7 月 10 日

早上起来后，直奔西宁大厦。两年前住过那里，还算熟悉。在附近找到一家饭馆吃了一碗牛肉面，然后去商店买了一块手绢，准备做一个放钱的贴身内袋。顺便买了两袋方便面，一把大白兔奶糖。回到旅馆，打听到附近有一家公共浴室，去冲个澡。下午3点，去饭馆饱餐一顿，然后回旅馆取行李，5点20分，坐上开往格尔木的火车。火车启动的时候，不禁想起"西出阳关无故人"之句。

火车经过湟中湟源一带，田地青黄相间，青色是麦子，黄色为油菜花，很美。过海晏，连绵的青山和牧场在黄昏的光线里非常柔和恬静。再往前，看到青海湖。公路走湖的南岸，铁路走北岸。北岸比较荒凉，植被稀疏。在火车闷闷的爬坡声中，青海湖时隐时现。10点，车厢熄灯。

7 月 11 日

早上睁开眼，满眼都是荒凉的土黄色，好像进入不毛之地。铁路沿线有固沙带，把地分成小方格，四周堆上石块或者种低矮的沙棘，固定沙土，防止流沙的侵蚀。不时经过盐田，地上浮着卤水，泛出白色。

火车上和我同一车厢的是两个来格尔木出差的北京小伙子，还有在格尔木工作的三口之家。很巧，这家的男主人过去在格尔木汽车公司开车，跑了四年格尔木—拉萨线。他告诉我，出了火车站，穿过车站广场，就是汽车站，旁边有旅馆。格尔木汽车公司每天都有一班车去拉萨，早9点发车，第二天下午两三点到。在南郊还有一个汽车站，拉萨汽车公司在那里经营同一线路，他们的车车况较好，比较安全和舒适。他还提醒我，火车、汽车站附近人杂，秩序乱，车站广场上有不少为汽车拉客的人，出门在外要多加小心，注意安全。

11点50，火车抵格尔木。色彩变得丰富，可以看到树，地上长了绿草，感觉到了沙漠绿洲。出火车站，看到广场上停了不少大客车。今天去拉萨的车应该已经走了，我不知道那些车是做什么的。广场上不时有人高声嚷着"去拉萨！去拉萨！"，为汽车拉生意。拉萨汽车公司的车是我的首选，可是广场上乱哄哄的，我没有看到有他们的车。拉客的人很粗鲁蛮横，我不想惹事，于是决定先去汽车站旁边的旅馆住下再说。同车的两位北京小伙子很侠义，愿意陪我前往。我感谢他们的好意，但不想连累他们，车站旅馆又乱又不安全，不到万不得已不会去住，所以劝他们还是尽快离开这个乱哄哄的地方，找安全的地方住下。

我一个人背着行李走在车站广场上。一个讲话带着浓重口音的小伙子追上我，问我去不去拉萨。他挺热情，我听他说话的口音，猜想他可能是藏族，后来才知道他是撒拉族人。我问他明天有没有车，他说有；问他们是哪家汽车公司的，他说是格尔木汽车公司；问哪里有拉萨汽车公司的车，他又改口说他们就是。他的回答总是那么爽快干脆，好像一个 Yes Man，是是，好好先生。我不知道能否信任他，于是继续往汽车站方向走。

广场上的车一辆接一辆地启动，开走。刚才还显得挺拥挤，不一会儿就只剩下两辆车。我一边走一边问 YM 他们的车是哪一辆，他指指远处的那辆深黄色客车。YM 看我还在往汽车站走，觉得没戏，就转而去拉其他游客的生意。广场上又开走一辆车，只剩下远处 YM 的那辆车。

看到广场转眼变得冷清空荡，我有些担心。我回头又去问 YM 哪里有拉萨汽车公司的车，他还是坚决地说他们就是。我问明早他们的车经过汽车站旅馆时能否把我捎上，他说他们的车不从那里走，我得去他们的旅馆住才行。这时，广场上最后那辆车，像沙丁鱼一样拥挤的车，开始启动。我于是决定先上 YM 车，离开即将变得空荡荡的广场，住到他们的旅馆去等明天的车。YM对着已经开动的客车大叫大嚷，车停了下来，我们一起挤上了车。

车开出一段后，停在郊区一个乱哄哄的汽车站。不知道这是否就是南郊汽车站。YM把我带到车场边的小旅店。我再次问他明天是否有车，他很肯定地说有，早上9点发，并且保证我有座位，最好的座位，1号座位。这时，一位十来岁的当地小男孩模仿他的腔调也说，"我保证你有最好的座位"，惹得大家都笑起来。旅馆前台的服务员对我说"你先上楼住下，我一会儿再跟你说汽车座位的事情"，然后开好住宿单，交给我。YM走过来打听我的房间号，要送我上去。情况似乎有些蹊跷和复杂。我感到此地不宜久留，于是背上包，回到刚才的客车上。

我在车边碰上一个学生模样的乘客，便问："你是学生吗？""是，人民大学的。你呢？""北外的。你们几个人去拉萨？""九个。你呢？""一个。"看他挺憨厚的样子，我就问："可以同你们一起去拉萨吗？"他爽快地答应了，并且掏出人大的学生证给我看，然后陪我去买车票。

买完票，车主让我自己去车上找座位。我找了一圈，发现车上根本就没有一个空位子，于是又去找车老板。经过一番据理力争，老板大笔一挥，在车票上加了"床3"的字样。我有些纳闷，没听说这是卧铺长途车，怎么会有床号？原来，老式长途客车在司机座位右后方是发动机位置，在长条形发动机罩和右侧车窗之间的狭长空间里，车主放了一块长条木板，这就是床号。虽然我的座位是"床3"，可是不大的床板上已经坐了五个女生，再容不下第六个人。

我又去找车主，车主先随我上车，看到实在没有可能加人，就让我坐5点钟的下一班车，但不许退票。人大同学陪我上到5点发车的车上，车况实在糟糕，他于是让我还是跟他们一起走。他说，他们人多，总有办法。我也不再犹豫，走为上策。

车子原定下午2点出发，延了半小时才走。其实只是去加油，加完油又返回车场，等司机吃饭。我正好也没顾得上吃饭，赶紧去饭馆吃点东西。回到车上，看到车站忽然乱起来，一个带着大包小包的中年妇女大声叫"抓小偷"，一堆人跟着跑。小偷溜得快，没有被抓到。中年妇女坐在地上号啕大哭起来。

下午4点30分，车终于开了。临开车前，车主从车厢里揪出一个蹭票的家伙，把他赶下车。车开出不久，过一检查站，车主和司机下车打点一番，我们的车以超载二人被罚款了事。

终于上路，蹒跚着、挣扎着迈出第一步，走上了青藏线。

晚8点，看到昆仑山银装素裹的美丽山影。9点，车子在雨中爬上一个缓坡，坡顶有玛尼堆和经幡，师傅说那是昆仑山口。过了山口，道路变得崎岖，车颠簸得厉害。落日的余晖挂在天际，持续了一个多小时，直到夜色完全降临。月亮高悬天空，高原的夜色非常安静，但有些荒凉和凄清。车厢里的空气变得混浊，充满烟味。到处都是人，横七竖八、东倒西歪地睡着，不时传来小孩子惊醒后的哭叫声。

我上车以后，人大的同学把他的1号座位让给我，自己坐到发动机罩上。我几次要跟他换，他都不答应，还安慰我，说他同学多，累了可以跟其他同学换。虽然这样说，一路上并未见他和其他同学换过座位。半夜醒来，看见他疲惫地趴坐在发动机罩上，我坚持让他回到他自己的座位上，可是过了一个小时后他又把座位让给我。四十小时的旅途，他基本都是坐在发动机罩上。我就这样认识了一位西藏弟弟。

7月12日

早9点，车过雁石坝，停车吃早饭。出门数日，由于旅途疲劳，加上高原反应，我开始呕吐。车上一位中山大学的同学给了我几片药。吃过早饭，吃了药，感觉好一些。路很难走，不少地方在修路。好在藏族同学能歌善舞，车厢里歌声不断，减轻了旅途的沉闷和乏味。

下午 2 点过唐古拉山口，又赶上下雨。高原反应加剧，头痛，感觉在发烧，吃了一片退烧药。过山口不久，经过一片草原，看到彩虹。大家都欢呼起来。慢慢可以看到羊群和牦牛。5 点至安多，进饭馆，没有胃口，但还是强迫自己吃点东西。又遇到中大同学，他也是一个人到拉萨旅游。我们的车预计凌晨 3 点到拉萨，我们约好下车后一起去找旅馆。

7 月 13 日

凌晨 2 点，我们的车陷入泥潭，大家一起下车推车。路十分泥泞，为防止车子再次陷到泥里，大家步行了一里地才上车。

早上 7 点，我们的车经过将近四十小时的奔波，经水泥厂和哲蚌寺，终于到达拉萨。夜里刚下过雨，城市正从睡梦中醒来，清新美丽。

早安，拉萨!

下了车，吃过早饭，坐上一辆三轮车，沿路找旅馆。经过西藏日报招待所，看到对外开放的广告牌，打听有空铺位，就住下来。我住三人间的女铺，从窗户望出去，可以看到布达拉宫。

已经记不清楚是如何度过在拉萨的第一天。进了旅馆先睡一大觉，一直睡到下午。醒后，整理东西，发现近视眼镜丢了，但想不起来丢在了哪里。出门去找一位朋友的朋友，打听去阿里的可能性。得到的回答是"很难"。

返回旅馆，看到藏族弟弟正在门口等我。他找了十二家旅馆终于找到我。原来我下车的时候把眼镜丢在三轮车上。

西藏布达拉宫（摄于 1995 年）

　　高原反应加上坐车久了，感觉一直晕晕乎乎，昏昏沉沉，走路发飘，糊里糊涂地就度过了在拉萨的第一天。

7 月 14 日

　　昨夜又下雨，早上阳光灿烂，天高云淡，城市有过节的气氛，明亮、欢快、甜美。

　　吃过早饭，中大同学陪我前往阿里办事处。昨天下午他已经去过一趟办事处，在那里遇到一位师傅，两天后去阿里，他们谈好价钱，约好今天早上交定金。中大同学因家中临时有事，无法去阿里，打算把这个机会让给我。

　　到了阿里办事处，那位师傅并没有在约定的时间出现。办事处的人建议我们去对面的西藏物资运输公司试试运气。很巧，一支由七八辆卡车组成的货车队第二天正要出发去阿里，到离区府狮泉河还有三百公里，将近一天路程的盐湖拉矿石。当时，西藏公共交通不发达，长途车驾驶室的座位，空着也是空着，如果有人愿出合适的价钱，司机也愿意带的话，对双方都是何乐而不为的事情。

车队头车司机来自汉地，和我算是同乡。我感到一线希望，和他拉起家常，套近乎，希望他们能带我去阿里。他们反而劝我打消这个念头，说我恐怕吃不了那个苦，身体也不一定能吃得消。我尽力试图说服他们，尽量往高里说自己，表示能吃苦，不娇气；不是第一次出门，两年前曾经在西北甘肃和青海独自旅行过两周，有一定的经验，甚至连睡袋都准备好了。

虽然我殷殷陈情，可是头车师傅还是不为所动。我猜想他可能是不愿承担责任，为了让他们放心，我又一再表示，自己对做出的决定将承担完全的责任，不会牵累任何人，不会给车队添麻烦。我想起北京一位诗人为了参加一支科考队，毛遂自荐当厨师，争取到一个宝贵的名额，于是仿效着说，我还可以为车队师傅们做饭，洗碗刷锅。这一招似乎起了点作用。

头车师傅转头问一位藏族师傅是否愿意带我走。藏族师傅名字叫加布，他点点头。看见加布师傅点头同意，我喜出望外。没有想到，事情居然进展得这么顺利，我居然在到达拉萨的第二天就找到一支车队，第三天就可以上路去阿里。消息好得让我简直有点难以置信。

师傅们又说，最好中大同学也能一起去。在当时能去阿里毕竟是难得的机会，中大同学动了心，决定一同前往。这个时候又来了一对北京夫妇，加入到我们的行列里。大家付过钱，各自回去收拾。

返回市里，经过布达拉宫，赶上中午休息时间，只能在外面转转。在一家商店买了西藏地图和一些明信片。又去大昭寺。午休时间未过，先去八角街转转，等寺院重新开门后，进去参观，在文成公主进藏时带来的释迦牟尼十二岁等身像前默祈。

回旅馆的路上，路过一家眼镜店，配了一副备用眼镜。中大同学没有带睡袋，去一家军品店买了一件军大衣。我有睡袋，但带的衣服比较单薄，盘算着是否也买件军大衣，只是店里只有男式衣服，最小的号码也偏大，又笨重，最后就什么也没有买，空手而归。

二、快乐的大篷车队

7 月 15 日

上午 9 点，我坐进加布师傅开的天蓝色五十铃货车驾驶室，开始了大篷车队旅行。

驾驶室里还坐了一位藏族喇嘛。他穿棕色长袍，胸前挂着大串佛珠，上车以后一直安静地坐在座位上，一边转动手中的佛珠，一边念经。

和青藏线上撒拉人经营的空气混浊、像沙丁鱼罐头一般拥挤的客车比起来，五十铃货车的驾驶室不仅座位宽敞，空气畅通，而且视线开阔，让人能够纵情享受在西藏空旷广袤的大地上尽情驰骋、无拘无束旅行的自由和快乐。

第一天旅行的目的地是日喀则，西藏第二大城市，后藏的中心。从曲水到仁佈，公路沿着雅鲁藏布江行进。江水混浊，水流湍急。两侧山体岩石裸露，偶尔长出一点低矮稀疏的沙棘。土质疏松，不时有飞石滚下。过去在电视新闻里看到山体滑坡的报道，那些道路被冲断，过往车辆被掩埋，甚至被冲进河道里的画面让人觉得有些不可思议。行驶在这段路上，就明白发生这样的事情并不奇怪，也非偶然。

快乐的大篷车队

　　傍晚 7 点半钟到达日喀则。刚到拉萨时曾听说这里的寺庙新近发生骚乱。早上出发前，师傅说我们今晚住日喀则，我想事情可能已经平息了，还盘算着去扎什伦布寺看夕阳。到了日喀则，正是黄昏，可是我们的车先去补胎，补好胎，又去市场买了两大袋蔬菜，供车队过无人区时吃，一直到 9 点，师傅们才得空去吃晚饭。他们告诉我，将在饭桌上决定晚上到底在哪里宿营。

　　我和中大同学决定不吃晚饭，趁着天还亮，赶紧去扎什伦布寺参观。我们按照师傅说的路线步行十来分钟，来到寺前的主街上。道路宽阔，只是空空荡荡。路上很少行人，也看不到香客和僧人。路边的店铺半掩着门板。走到寺庙的正门前，大门紧闭，只有几个保安站在那里。他们告诉我，寺院关门了。这时有一辆车来到门前，要开进去。大门打开的时候，我们恳请保安让我们站在门里面欣赏寺院建筑，并且解释说，我们从很远的地方来，车队一会儿就要离开，希望能够通融。但他们摇摇头，说寺院关门了，让我们回去，然后面无表情地关上了大门。

我们沿着寺院的围墙快快地往回走。经过一间院子的边门，上面挂着某某公司的牌子，门虚掩着，可以从侧面望见寺院的建筑。我们站在门边看了一会儿，和守门人聊了几句，然后告辞。

天色渐暗，重新走在寺前的主街上。门板虚掩的店铺前面三三两两站着一些男子，见不到妇女、孩子和老人。昏黄中的街道呈现一种异样的沉重和寂静，让人感到一种莫名的不安和紧张。我们加快了脚步，走过主街，顺着原路绕回到师傅们吃饭的小馆。师傅们刚刚吃完饭，正准备离开。

我们的车队在夜色中驶离日喀则。我和扎什伦布寺的美丽夕阳失之交臂。

车队开了一个小时来到一个村庄，在村边找了块空地宿营。师傅们打开铺盖卷，在车厢里过夜。我钻进睡袋在货车的驾驶室里度过随大篷车队旅行的第一个夜晚。

7 月 16 日

夜里雨电交加。我在卡车驾驶室里越睡越冷，睡袋太薄，我把能穿的衣服都穿上，还是难抵寒气。有些后悔没有买军大衣，但过了那村，没有那店，后悔已经无济于事。

早上起来，走出驾驶室，寒气扑面而来。四周只有低矮荒凉的山丘，没有一点绿意。大家很快地收拾撤营，重新上路。车队再次穿过村子。昨晚路过时天已黑，看不清楚，所以没有印象。村子里多为简陋的土屋。师傅告诉我，这是吉定村。

车队继续西行。过优弄拉山口，在崇山峻岭之间穿行。快到锡钦时，遇到一辆陷在泥潭里已经一整夜的卡车。两边的师傅们经过一番讨价还价，商量好价钱，然后把那辆车从泥里拉出来。我们的车队在中午到达锡钦。

村口有一个用帐篷支起来的简易茶摊。喝酥油茶，吃干粮，算是中饭。锡钦的山也是光秃秃的，太阳照到的地方呈现土黄色，云影掠过时变成灰褐色。但是地上多了一些绿色，种了蔬菜和庄稼。

一位藏族姑娘经过我们的营地。她头上缠着灰布头巾，穿深蓝色的薄袄和布裙，背着一筐青菜，菜篓用一根粗布条勒在胸前，赤着脚，脚上沾满泥巴。她对着我点头微笑，我也微笑地对她说扎西得勒。我随身带了一本 Lonely Planet 出的袖珍英藏旅游小字典，路上有空不时拿出来翻翻，临时抱佛脚。藏

藏族姑娘

语里照片和拍照一词，字典里标的音为"bar"。我拿出相机，一边指着相机，一边问藏族姑娘："Bar？"我是想问她是否允许我拍照。

她摇了摇头。看来是不愿意，我就作罢。但是她并没有走开，而是伸出一个手指头，笑着看着我。我没有明白她的意思，收起相机。她继续站在原地，对着我微笑，又一次伸出一个指头。我这时似乎猜出了她的意思，拿出一元钱。她于是微笑地站在那里，给我作了一回模特。

车队休息的时候，不知从哪里来了一位草原流浪艺人。他拉起两根弦的胡琴，边弹边唱边跳，垂在额前的红缨子随着他的舞姿不断跳动。他的妻子在旁边伴唱，兼收门票，一人一元。他们旁边还站着几个孩子，最大的哥哥背着最小的妹妹，妹妹趴在哥哥的背上，歪着脑袋睡着了。

下午4点到达拉孜渡口。又见雅鲁藏布江。渡口不宽，江水混浊。摆渡船是几块钢板搭起来的平台，两侧安上简易的护栏。渡船一次可以摆渡三辆车，但是卡车得先卸掉部分货物，放到渡口提供的东风车上，然后才上船。整个车队用了两个半小时才完成摆渡。

过了江，经过四个布局和装饰都比较讲究的村子。田里开满油菜花。

我们经过最后一个村子时，在村边停下，支起汽喷灯做晚饭。把米饭、大白菜和罐头肉合在一起焖了一锅饭，村子里的孩子们都围拢过来，眼巴巴地看着我们吃。人多，分不过来，劝他们回家，但怎么也劝不走。吃过晚饭，重新上路，继续翻山，11点半到达昂仁。夜色清朗，四处寂静。

7 月 17 日

早上起来后，师傅带我们走进附近的一户人家，喝女主人现打的酥油茶。这大概是他们的定点酥油茶馆。我就着酥油茶吃压缩干粮，算是我的高原早茶。

师傅们说，今天的路会走得比较辛苦，一路都要翻山。早上共翻了三座山，中间在桑桑乡喝茶，短暂休息。又有流浪艺人过来助兴。中午到达切热，架锅做饭。饭后师傅们玩牌，这大概是他们解乏的办法。加布师傅运气不佳，输了不少钱。我坐在河边晒太阳。一群牦牛，有十来只，缓慢地过河，河水深的地方几乎没到牛背。牦牛被称为高原之舟，看它们过河，觉得这个比喻很形象。

休息了近三个小时后，重新上路。又翻了两座山。道路平整，养护得很好。据说加加路段的老段长曾经见过毛主席。车子盘山而行，道路的另一侧有时是陡峭的山谷，有时则是开阔的草地，散落着牦牛和羊群。黄昏的时候，经过一片草地，柔和的光线从天穹照射下来，弥散在大地上，给远处的山和近处的草都披上一层温暖的鹅黄。

当我们驶近萨嘎时，再次和雅鲁藏布江会合。太阳已经下山，落日的余晖照亮云层，形成变幻多彩的晚霞。江水静静地流淌，车队沿江而行。夜色慢慢地笼罩大地，宽阔的江面逐渐变暗，呈现出幽蓝的宝石颜色，静谧，深邃。没有人说话，大家默默地望着窗外，这样走了很久，直到开进萨嘎县城。

几年以后，一个冬日去法国南部保留有古罗马时期斗兽场的阿尔城（Arles）参观，梵高和高更曾经在那里住过，留下很多不朽的作品。那天刮了一整天强劲的西北风，晚上走到罗纳河边，一抬头，布满星星的夜空那份神秘的幽蓝，正是梵高笔下的阿尔星空。我不知怎么就想起了萨嘎。什么时候萨嘎的雅鲁藏布江夜色也有属于它的梵高？

7 月 18 日

晴朗的日子，阳光灿烂。师傅们早上去卸货，我们得小半天的空闲。在地图上看到有萨嘎寺，四处打听那里有 gomba（寺庙），问了好几个人，都说不知道。后来遇到一个汉语说得不错的当地人，告诉我们萨嘎附近有三座寺庙，最近的在达吉岭，步行得走两天，开车只需两小时。我们只好打消参观萨嘎寺的念头。

沿着河走，走进一个村子。在村口遇到几只藏犬，凶猛地朝我们扑来。一位藏族大妈及时喝住，又用石头吓唬，狗才没有扑上来。中午在县城的一家川菜馆饱餐一顿，写了几张明信片。下午近3点，车队离开萨嘎，前往阿里。

从萨嘎到阿里有两条路线。南线沿冈底斯山往西一直通到普兰。北线的入口在从切热到萨嘎的路上，过一处道班往右转，然后北上经过措勤和改则，再往西行至狮泉河镇。我们车队要去的盐湖在改则和狮泉河之间，需走北线。

师傅说，出了萨嘎，就进入无人区了。没有定居点，只有一些游牧民的帐篷。也没有明显的道路，宽阔的原野上到处是前面的车辆留下的纵横交错的车辙。司机需要跟有经验的师傅走，只有他们知道路在哪里，什么地方有水源，可以做饭宿营。

出了萨嘎，道路非常崎岖颠簸。开了两个小时后，到达一地热温泉区。师傅们停下车，拿上早已准备好的用具，兴高采烈地结伴去泡温泉。我没有想到带泳衣，此时只有羡慕的份儿。

在西藏的荒原上旅行，如果没有遇到恶劣的天气和随时可能发生的意外，那是一件令人愉快的事情。不仅能够纵情驰骋，而且随处都是变幻无穷、壮观瑰丽的自然风景。大地被装扮得非常美丽，只要有一点风景，哪怕只是一处高一点的山岗，一口不大的热泉，也会有有心人堆上几块玛尼石，插上几片经幡，让过路的旅人平添一分温暖，减少一丝乡愁。偶尔还会从远处飘来牧民悠远高亢的歌声，让人更加陶醉，心旷神怡。

黄昏的时候，经过一片高原湖区。远山蜿蜒，晚霞绚丽，湖水平静，感觉仙女们都会下凡来此嬉戏。

师傅们停车做饭，用高压锅把肉、菜和米饭混在一起焖上一锅，有荤有素，注意搭配。当高压锅滋滋喷出蒸汽时，他们纷纷拿出碗筷用蒸汽进行消毒。他们还知道哪里可以喝上新鲜的酥油茶，哪里有流浪艺人的歌舞助兴，哪里可以泡温泉，艰苦寂寞的长途旅行因此变得活泼有趣。这是一群善于苦中作乐的快乐的男子汉。

饭后，我去溪边刷锅洗碗。水冰凉刺骨，蹲在水边洗了一会儿，觉得头痛难忍，只好去旁边休息。师傅告诉我，这里的海拔超过五千米，和神山圣湖区同为阿里地势最高的两个地区，前面将过的山口比唐古拉山口还要高，超过六千米。原来是高原反应又来作怪。

晚饭后继续赶路，过山口，午夜之后才宿营。今天一路的风景都恢宏壮丽，

风餐露宿

但是道路却实在难走。一天下来，躺下时觉得身体被颠得快要散了架。

我们在旷野中宿营。天上繁星密布，荒原深沉静谧。师傅们拿出铺盖，一溜排地铺开，一群人互相调侃，打打闹闹，好像又变成放学回家路上你推我挤的小孩子。很羡慕这群头枕大地、眼望星星睡觉的大车师傅，可惜我的睡袋太薄，只能继续猫在驾驶室里过夜。夜里很冷，即使在车里还是冻得直哆嗦。

7 月 19 日

上午的风景非常单调，稀疏的草地，荒凉的山丘，见不到牛羊，也没有牧人的帐篷。下午 2 点到措勤县城。过了措勤，又见辽阔的草原，成群的牛羊。傍晚在一处清澈的溪水边做饭，一边听溪水，一边吃饭。饭后继续赶路，10 点半宿营。安营扎寨时，牧羊犬纷纷围拢过来，叫个不停。风大，天空被吹得干净清澈，满天的星星扑面而来。

7 月 20 日

早上醒来，睁开眼，看到开阔的草原上，到处都是低头吃草的牦牛。清晨的光线非常柔和，照在牦牛的身上，形成一道细长的光影。当牦牛慢慢地挪动身子时，身后长长的光影也跟着一起缓缓地移动，那份恬静和柔和让人心动。

8 点上路，沿途多为荒原和盐湖。荒原上本来就没有什么路，赶上平地，车队的师傅们就撒了欢，恣意率性，你追我赶，纵情驰骋。也许是我已经逐渐习惯的缘故，觉得今天的路好像没有前两日那么颠了。

中午经过改则县城，县城只有一家川味饭馆，两张桌子都坐满了人，我们的车队只能继续往前走，又开了五十多公里，找到一处水源，架锅做饭。

晚 8 点 45 分，我们的大篷车队顺利抵达盐湖，本次旅行的终点站。我和一群热情、善良和快乐的大车司机一起走了六天五夜，自东向西横穿青藏高原，穿越无人区，现在得和他们告别了。

对于他们，这不过是货车司机生涯里诸多长途中的一次，没有什么稀罕的。对于我，却是终生难忘的一次旅行。有些依依不舍，但挥一挥手，又各奔东西，成为路人。

他们是高师傅、张师傅、宗师傅、曲师傅、加布师傅……那些被高原的太阳晒得黝黑的面孔从此印在我的记忆里，始终生动、美好。

明天我将继续赶路，西行，虽然明天的车还没有着落。

三、古格探幽

7 月 21 日

盐湖是一片荒凉的平地。路边建了几排土屋，简陋、单调，没有什么特色。后面是矿区和盐湖。

雨从昨天夜里起一直下个不停。当地人说这样的雨还不太多见。我住的房间既没有锁也没有窗帘，昨晚临睡前我用桌子把门抵上，把床移到门背后的位置。没想到床挪动之后的位置正对着烟囱，半夜下雨，被子被淋湿了，只好起来又挪床，换位置。

早上起来，收拾好行李，吃过早饭，我和中大同学就开始在路边等车。大篷车队的师傅昨天晚饭时特意过来告诉我们，今天有车去狮泉河，让我们在路边等候。

在路边等车的时候，看到一位牧民赶着一大群牦牛经过。牧民和饭馆老板用藏语交谈了几句，叫来几个男子，一起走入牦牛群中，大声地吆喝，来回变换位置。经过几次队形变化，他们已经成功地用绳子套住一只牦牛。很快，地上就只剩下一张完整的血淋淋的牛皮。没有四处逃散的慌乱，没有动物的尖叫，一头可怜的牦牛已经被不动声色地宰杀。

10 点过了，车没有来。11 点过了，车还没有出现。12 点，还是没有车。下雨，天冷。在路边开了一家衣服和杂货铺的甘肃天水商人好心地让我们在铺子里避雨。只要一听到马路上有汽车声，我们就赶紧出来看看是不是我们等的车。下午 2 点，大篷车队的师傅过来买菜，知道他们的车队还没有走，心稍安。

下午继续等车，一直等到太阳下山还是没有见到车的影子。有些沮丧，不知出了什么变故，看来得另作打算了。我想起北京的西藏通在拉萨等待了三个月也没有等到去阿里汽车的故事，担心自己是否会困在这前不着村、后不着店的不毛之地，陷入漫长和茫然的戈多式的等待中。如果在这样偏僻和荒凉的地方等待三个月，那将是什么样的结果？！不敢去想象。

晚饭的时候，得知明天有一辆卡车会去阿里，车厢上可以站人。有敞篷车垫底，悬着的心多少放下一些，不用担心戈多式的等待。晚 10 点，师傅过来告诉我们，今天久等不到的车原来是早上 9 点陷入泥潭，到晚上 9 点才被拖出来。他们明早 7 点出发，可以捎上我们。真是好消息。

7 月 22 日

早上 7 点如约去马路边等车，但车直到 8 点才到。重新坐进已经非常熟悉的五十铃卡车驾驶室。加布师傅开车，我和中大同学还有另一位师傅三人挤副驾的座位，但总比站敞篷车厢走三百公里要强。

从荒凉的盐湖出来，过了雄巴，风景变得好看，进入水草丰美的牧场。下午
3点，在距革吉三十公里的帮巴停车，在狮泉河边架锅做饭。河水平缓地流淌，
河滩长满水草，绿草地上散落着牦牛一团一团茸茸的黑影。

吃完中饭，继续赶路。道路一直沿着狮泉河走。在离区府狮泉河镇不到三十
公里的地方，车胎被扎爆，幸亏是在上坡的时候爆胎，如果赶上下坡将相当危险。
副驾上的师傅打趣地说，看来又应验了司机的老话，带女人爆胎。我这才明白，
当初在拉萨的时候，为什么不论我怎么软磨硬泡，师傅们都不愿意带我。幸好藏
族师傅没有那么迷信，所以我才得以成行。

我记得最初上路的时候有一对北京夫妇，后来一路都没有再看到他们。师傅
告诉我，他们的车在上路第一天，从拉萨到日喀则的路上爆胎，正赶上下坡，差
点酿成车祸。那对夫妇受了惊吓，到日喀则后就匆忙下车。难怪后来再没有见到
他们。幸亏我之前没有遇到那么危险的爆胎，不然我也可能就半途而废了。

大篷车队的师傅们个个都练就一手换胎和补胎的好技术，动作娴熟，手脚麻
利。一路上看多了，连我这个不会开车的人几乎也记住了换胎和补胎的程序。补
完胎，又开了两个小时，午夜时分到达狮泉河镇。从拉萨出门八天之后，我们终
于来到了西藏最西端的阿里地区。

7 月 23 日

住阿里饭店，房间干净，服务员态度和蔼。一天只有中午两个小时有自来水，
晚上 10 点以后没有电。在旅馆安顿后，想做的第一件事，就是洗澡。饭店没有
洗澡的设施，经过一番打听，在一堆平房里找到一家公共浴室。浴室只有一间屋
子，六个喷头，男士一拨，女士一拨，轮流分拨洗。轮到女士拨时，只有我一个人，
痛痛快快地洗了一个热水澡。不知道下一次洗澡又会在何时何地。

休整一日。在镇上闲逛。镇子不大，没有什么特别的景致。一边逛，一边打听哪里有去古格王国遗址或者去札达县城的车。阿里没有公共交通系统，去一个地方，要么搭政府的车，要么搭货车，要么搭旅行团的车，都得碰运气。札达比普兰更偏僻，从狮泉河去札达又比从普兰去札达可能性更大，所以我想先争取找到一辆去札达的车。

从旅馆方面打听到，第二天有一个外国旅游团要去札达参观古格王国遗址。旅游车不愿带外人，运行李的卡车驾驶室没有空座位，唯一的可能性是坐行李车车厢，但师傅们摆谱，不愿立即给我们答复。我们从拉萨过来，一路都坐货车驾驶室，对坐卡车旅行充满美好的印象。虽然担心坐行李车车厢走山路会比较辛苦，但阿里交通不便，错过这辆车不知得等到猴年马月才能等到下一次机会，所以还是一直努力试图说服师傅们。到傍晚，他们终于同意让我们明天搭车。

7 月 24 日

早上 9 点离开狮泉河，坐进闷罐子一般的行李车车厢。车厢里面装满旅游团游客沉甸甸的大行李箱，我和中大同学坐车尾，各自找了一只放得稍平一点的皮箱，在箱子之间见缝插针地塞进两条腿，蜷缩地坐下。我觉得自己也变成了一只行李箱。

师傅们事先打了预防针，说从狮泉河到札达的山路很不好走，颠得厉害，而且是土路，灰特别大。但直到车开起来后，我才真正体会到坐行李车车尾的含义。车颠不说，有几次人还被颠得弹起来，坐在车尾，真担心会被甩出车厢。于是戴上皮手套，用手紧紧拉住车厢里斜拉着用于固定箱子的粗麻绳。到后来，胳膊拉得麻木了，但还是机械地紧紧抓着绳子，不敢放松，毕竟保命要紧。

考虑到土路灰大，临出发前，师傅们用帆布把车厢整个罩起来，防止灰尘进入。因为带了两个活物，特意留下左下角的车篷扣子没有扣上，好让空气进来。

可惜从小缝进来的更多是灰尘而不是空气。车厢里的灰尘越积越多，散不出去，令人窒息。到达扎达的时候，我们头发和眉毛都变成灰色，满嘴是沙，灰头土脸，好像工作了一天的水泥装卸工。

我们的车在世界级崎岖的山路上颠簸一整天，我就和那堆不停地打打闹闹、吵吵嚷嚷、蹦蹦跳跳的行李箱打了一路的架，捍卫自己可怜的地盘，这样坐了一天，到晚上9点，到达札达县城。

这是自拉萨上路以来最艰苦的一天。因为看不见外面的风景，就更觉得时间漫长和难熬。

到达札达县城时，听到沉闷的雷声，不时有闪电划过天空，雨点开始落下，但不太大。趁着天尚未黑，我们抓紧时间来到陀林寺。寺庙已经关门，只有佛塔可供参观。乌云越积越多，雷声轰隆，一场大雨在即。我们赶紧返回旅馆。倾盆大雨很快瓢泼而下。

雨来得快也走得快，不久就停了。雨后，从旅馆的阳台上望去，一道完整的180度的彩虹横跨天际，接着又出现了第二道彩虹。旅途的狼狈和辛酸一下子就被抛到了九霄云外。

7 月 25 日

在经历了昨晚的雷电交加和狂风大雨之后，今天的阳光格外灿烂，空气分外清新。

一早又来到陀林寺。寺庙还没有完全修复，不少地方尚在施工。清晨的阳光照在有些残破斑驳的迦莎殿的红墙上，在地上形成错落有致的温柔的光影。

走进寺院的院子里，没有见到什么人，只听到热闹的做道场的声音，诵经声、锣声和鼓声，响成一片。循声而去，发现声音是从院子左边一个半开半掩的小门传出。推门进去，看到只有一个僧人，在演独角戏。他用手击鼓，用脚踩踏板，带动用线和踏板连接的铜锣，形成锣鼓齐鸣的阵势，口中还念念有词地唱经。看着僧人拳打脚踢投入地做着早课，忙得不亦乐乎，我们悄然退出屋子，离开了陀林寺。

回到旅馆，吃过早饭，去县里的文教局办理参观古格遗址的手续。票价二十元，外国人则是二百三十元。当地人告诉我们，到古格的距离是二十五公里，第一条岔路不要右转，到第二条岔路时要右转。

10点半上路，步行前往札布让村。一路都是土路，但是很少过车，不用担心尘土飞扬。两边是土林，山体的岩壁被风化、侵蚀和切割，形成细密的犹如衣褶和花边一般的图案造型。我们好像穿行在天然形成的巴洛克风格古代宫殿的残垣断壁之间。岩石裸露，偶尔从石缝里长出几根细草。路上没有树荫，但因为地势高，太阳的暴晒并不让人觉得酷热，徒步行走很是惬意。

走了三个小时后，看到路的右边似乎分岔，无法确定究竟是主路还是当地人说的不应走的第一个岔道，没人可问，继续走了一段，折腾一个小时，返回原地。再往前走一段，又看到一个岔道，是否应该右转的第二个岔道？还是无法判断，又来回折腾一通。正在左右为难之际，遇到一辆过路的吉普车，是县长的车，他去村里的希望小学视察工作。他指着远处的红屋顶告诉我们那就是古格遗址，然后客气地把我们带到札布让村，又带我们参观希望小学。

和县长告辞后，经过村口强巴家。奶奶正在院子里忙碌，孙子和孙女在旁边玩耍。奶奶看见我们，热情地招呼我们进屋，给我们水喝，还拿出自家晒的奶干招待我们。临走，我用傻瓜相机给孩子们在院子里拍照，回去后寄给他们。

照片是在高原正午直射的阳光下拍的，人脸因为曝光过度被照黑了。后来我去参加单位的摄影展，照片居然拿了特等奖里的第三名。大概是孩子们的灿烂微笑打动了评委的心，使他们愿意把奖颁给一幅从技术上讲非常糟糕的作品。

快乐的藏族儿童

奶奶送我们出札布让村，指了路，怕我们听不明白，又亲自带了一段路。

傍晚的时候，我们终于走到古格王国遗址。曾经显赫一时的繁华古国，现在只剩下残垣断壁，孤零零地隐没在偏远的世界一隅，平时只有一个守门人常年驻守。守门人是一位藏族青年画家，他告诉我们，我们是他今天的第一批客人。他请我们喝茶，然后打开红庙大门，让我们由此进去参观。他建议我们先参观山上的建筑遗迹，返回时再来看红庙的壁画。

古格王国在西藏佛教中兴历史上起过重要作用。九世纪中叶，吐蕃末代赞普朗达玛死后，吐蕃战乱四起。他的重孙吉德尼玛衮逃至阿里建立王国，后将阿里一分为三，古格封给其第三子德祖贡。古宫城堡始建于十世纪。十一世纪，印度高僧阿底峡到阿里传法，古格成为西藏佛教复兴的中心。古格王国共经历了十六位国王，到十七世纪被拉达克人打败，逐渐被人遗忘。在古格王国神秘消失之前，葡萄牙传教士曾经到过这里并留下记录，这座消失的遥远古国遂引发后人的好奇和想象，成为传说中的香格里拉。

古格王国都城建在一座土丘上，依山而建，层层叠叠，形成壮观的建筑群。山脚是平民和奴隶居住的地方，筑有城墙。山腰为庙宇和僧房，周围修筑了重重叠叠的障墙和碉堡，内部有四通八达的隧道。山顶是王宫，从山脚到山顶只有一条暗道可通。山的西侧有盘旋而上的取水道，巧妙地将水从山脚一直引到山顶，解决了山上用水的问题，也因此能够将王宫建在山顶上。依山筑起的层层围墙和碉堡使得这里易守难攻，有效地抵御了外敌，确保了古格王国七个世纪的繁华和稳定。

穿过红庙，顺着山坡往上走，我的方向感不强，左转右绕没几下就绕糊涂了。好在王宫建在山顶，只要往上走，总能走到。在山顶参观了国王的经堂、坛城殿、佛殿、集会议事大厅、王室居住的冬宫和夏宫，以及山顶广场。下山的路上，参观了红庙、白庙和护法神殿。红庙和白庙里的雕塑多被损毁，但壁画基本得以保存。古格壁画色彩鲜艳，技艺精湛，涉及宗教、市井、宫廷和王统诸多题材，是古格文化繁荣和辉煌的具体体现。

我们在参观中间遇到和我们一起旅行的行李箱的主人们——瑞士旅游团的游客，于是搭他们的车返回县城，到札达已是晚9点半。

7 月 26 日

古格之后，我的下一个旅行梦想目标是神山冈仁波齐。那家旅行团正好也要去神山，但想到坐他们的行李车从狮泉河到札达的辛苦和狼狈，我心有余悸，犹豫是否继续坐行李车。向当地人打听有没有其他办法去神山，他们告诉我，札达偏居一隅，从这里找车去神山，甚至只是去到狮泉河到普兰的主路上，都非易事。除非我愿意冒在札达滞留数日甚至数月的风险，否则，最好不要错过这辆行李车。

进古格不易，出古格更难。看来我别无选择，只能咬牙坚持了。

早上 8 点赶到旅游团的宿营地，等到 9 点，车队才上路。道路继续是世界级的崎岖，我则继续蜷缩在车厢里，继续和行李箱拳打脚踢地战斗，继续颠簸和吃土。车开出一段后，我开始感到心脏疼痛，不知是伤着了肋骨，还是心脏出了问题。坚持到下午 5 点，车终于开到位于从狮泉河到普兰主路上的巴尔兵站。

我从车厢里钻出来透气。觉得心脏很难受，好像被颠破了一样，喘不过气来。我顾不得地面的冰凉躺倒下来，把自己放平。还没有休息五分钟，师傅们说又得出发了。原来行李车走得慢，落在车队后面，最后一个到达，而其他车的人早已休息了一段时间，所以就又要上路。

在世界级崎岖的山路上和行李箱打了两天架之后，我终于败下阵来。我觉得自己已经到达身体的极限。于是我对中大同学和卡车司机说，我的心脏实在难受，快被颠破了，无法继续和他们一起旅行，打算在巴尔兵站休息一下，等下一辆也许是像戈多一样难等的车，再去神山。

当中大同学往下卸我的行李时，师傅们突然非常强硬地说，如果我下车，中大同学也得跟着下。我赶紧解释说，我们俩本不认识，只是这几日在路上碰上才结伴旅行，互不相干，不要因为我影响他的旅行计划。师傅们又劝我，说此地并不安全，前方宿营地再走十至二十公里就快到了，离神山也只有小半天的路程，最好再坚持一下。

我禁不住师傅们的连哄带骗，想到自己走了这么远的路，经历了这么多的颠簸，等待其他车辆不知要等到什么时候，而现在离神山只有咫尺之遥，功亏一篑未免可惜，于是又歇上一会儿，感觉好了一些，就重新上了车。结果又走了三个小时。中间休息的时候，厨师特意跑过来，拿了把糖给我，鼓励我坚持住。真难为他的一片好心。晚上 9 点终于到达宿营地。

四、卓玛拉的经幡

7 月 27 日

早上 9 点出发，先去不远处门士附近的一处地热喷泉，泉华地貌很壮观，周围挂满经幡。然后去参观扎德布热寺。在那里遇到一对年长的香客，老夫老妻结伴朝圣，岁月和旅途的风霜写在他们的额头上，不知道他们在路上已经走了多久，多少天，多少月，抑或多少年。淡淡的微笑，慈祥的面容，平和的神情，让人心生温暖和感动。

车子继续往南开。道路平坦开阔，贴地长着泛黄的矮草。我们的车疾驶在枯黄、单调的荒原上，突然间眼前一亮。从车的左侧望去，天际出现一座圆锥形山峰，底部是青褐色岩体，上半部被白雪覆盖，好像白色的金字塔。"冈仁波齐！"大家都欢呼起来。我终于见到了神山冈仁波齐，冈底斯山主峰的第二高峰。

下午到达神山脚下的塔钦村。村子分前后两部分，都是一些低矮、简陋的平房。在前面的旅馆等了好一会儿，才出来一个人，爱理不理地说没有房间，我只好去后区找旅馆住下。

路上师傅们建议我去拜访村里的喇嘛藏姆拉。他住在非常简陋的房子里，没

冈仁波齐神山

有灯。他热情好客，请我喝酥油茶，拿出饼干招待，还要给我罐头在路上吃。他忙，我坐了一会儿就告辞。

天色还亮，我决定先去打探一下转山的路线。问一个村里人，他告诉我出村就能看到路。出了村，果然有一条小路。走不多久，告我路的年轻人从后面追上来，对我说："今天太晚了，还是等明天一早再去转吧。"我很感谢他的善意提醒，一面解释道，我下午刚到塔钦，不知转山该怎么转，想看看大门在哪里。

他随手给我画了一张示意图，告诉我绕冈仁波齐峰转山一圈，有五十七公里的路程。走得快的人，早上早点上路，一天就能转完。最高的山口叫卓玛拉。外国游客一般转三天，第一晚宿支热布，第二晚宿遵住布。我收好示意图，如获至宝，谢过这位好心人，回到村里。

晚上四处找可以吃饭的地方。旅馆的厨师到晚上8点还在他的屋子里睡觉，看来今天是不会工作了。只好去找行李车的师傅们，他们客气，让我们蹭饭，我们就在饭后帮他们洗盘子。

中大同学因为有事，在一睹神山真容后赶第一辆回狮泉河的车走了。我们就此告别，各自继续各自的旅行。

7 月 28 日

早上9点，我穿一件双层卡其布夹克衫，一条厚布单裤，带上示意图，背一只小书包，里面放一只傻瓜相机，一件薄毛衣，一双皮手套，两块压缩饼干，一小瓶矿泉水，出门上路。

我从来没有一次走过六十公里路，现在却要在海拔五千米左右的地方徒步，自己是否有足够的体能，能否走完全程，我对此毫无把握。我将随身携带的东西压缩到最低限度，轻上加轻地轻装上阵，以保存体力。想到沿途有两家旅馆，即使错过一家，后面还有一家，我把只有一斤半重的睡袋也留在了旅馆。

这是一个晴朗的日子，湛蓝的天空飘着白云。清晨的阳光照在身上，暖洋洋的。出了村，走上昨天已经探过的转山路。沿着山腰转过两处小丘，进入一片开阔地带。空地的中央高耸一根旗杆，四周挂满色彩艳丽的经幡。顺着旗杆看过去，远处正是神山冈仁波齐金字塔形白色雪峰。再往前，四座用玛尼石垒砌起来的三层梯形砖塔，向着神山方向一字排开。晨曦之中，神山尽显它的圣洁和美丽。

沿着河走了一段，断层山上堆了很多玛尼石堆。往前，下到山脚，一边是宽阔的草滩，流淌着溪水，一边是高大青翠的山坡。徜徉在大山碧水间，呼吸着清新的带着凉意的空气，享受着温暖的阳光，脚步变得轻盈，我感觉自己好像变成了一只小鸟，自由和快乐地在神山的山路上飞翔。

一路几乎没有遇到人。偌大的神山寥无人迹，有些出乎我的意料。可能因为我上路晚了，别人已经走在了前面，而逆时针转山的本教徒还没有转过来。好在昨天好心人已经给我画了转山图，不然连问路也找不到人去问。

走到中午，经过一片视线开阔的谷地，选了一块平整的岩石坐下。石头在背阴处，晒不到太阳，坐上去有些凉，我拿出皮手套垫着坐下。中饭是压缩饼干和水，我在塔钦只能买到这些东西。当我正在有滋有味地吃着中饭，惬意地享受着在寂静的大山深处小憩和野餐的快乐时，突然看见山道转弯处出现一只黑色藏犬，向着我慢慢地走来。

我想起在萨嘎村口向我们凶猛扑来的野狗。我没有见过藏獒，不知道走过来的这只狗是一只普通的流浪狗，还是藏獒。因为自己是一个人转山，还是谨慎为好，于是迅速收起水和干粮，重新上路。我不紧不慢地走着，狗也不紧不慢地跟着，这样走了好一段。因为走得匆忙，垫在身下的皮手套被遗忘在石头上，留在了神山。

下午，经过一片高坡。山上的溪水冲下来，夹着泥沙，水流湍急。我尽量踩着石头蹚水。有一处溪水，三四米宽，中间找不到可以落脚的石头。水不深，但是穿着鞋过，鞋一定会湿。脱鞋蹚过，毕竟是雪山上流下来的水，寒冷刺骨。我正在犹豫不决时，对面走过来几位香客。这是我今天遇到的第一拨转山客。从方向上判断，他们应是本教徒。他们也许是看出了我的犹豫，其中一人就把手里挂着的细长木棍伸给我，让我跟着他，他三挑两挑，我不知怎么就好像得了神力，顺势越过溪水，鞋子居然一点也没有湿。

最后一处溪水，水势较大，路人用石块堆出三个土墩，在土墩之间架上碗口粗的圆木，形成一座简易木桥。水边有一间屋子，可供歇脚，不知是否支热布客栈。

过了桥，开始爬坡。空气变得稀薄，体力有些不支，走起路来气喘吁吁，走不了几步就得停下来歇一歇。坡长，我尽量让自己缓慢但是匀速持续地往前走，一些走在我前面的香客开始被我慢慢地超过。

下午5点，终于爬上一座小山冈，上面堆满玛尼石，可以望见神山。我不知是否到了卓玛拉。不过之后又是上坡，而且坡度更大，我判断卓玛拉应还在前面。神山的雪峰隐了起来，只有山峰背阴处舌状的冰川清晰可见，并且越走越近。

艰难地爬完这段山坡，来到山顶。山冈上挂满经幡。又见圣洁华贵的冈仁波齐雪峰。我知道，我终于走到了卓玛拉。正是夕照时分，一阵山风吹过，掀起经幡，扑簌作响，好像万千晚祷的钟声被敲响，在山谷中回荡。在那一刻，我的心也快乐地飞出去，变成一粒自由的种子，在空中尽情地旋转和飞舞，然后随风飘向遥远的苍穹，飘向无垠的远方。

我不记得在卓玛拉站了有多久。当天际逐渐转暗的时候，我的思绪也被拉回到现实中。我知道自己已经走过了第一家客栈。第二家客栈应在下山的路上，但是不知道有多远，也不知能否在天黑前赶到。

我和一对藏族牧民夫妇一起下山。他们不会说汉话，我除了谢谢和扎西得勒之外不懂其他的藏话。虽然语言上无法沟通，但我们的动作是一样的，都在飞快地下山。天色已晚，需要抓紧赶路。

下山的路上，巨石相连，人走在上面，可以听到石下的溪水声，却不见溪水的踪影。有一段厚厚的冰原，冰块之间的裂缝得跳着才能过去。大家三级并两级地跳着走，飞快地下山。我尽量跟上他们，避免掉队，否则就得一个人在大山里过夜了。

下了山，转到山的背阴处，不远的地方有一条河，增加了夜晚的寒气。藏族夫妇在天黑前一边赶路一边随手捡了一些牛粪。晚上10点，天完全暗下来，星星出现了，他们就在一块大石边坐下。我用半升的语调问他们："不走啦？"然后用手指一指前方，又说："塔钦，不走啦？"他们可能从我的表情和手势猜出了我想说的意思，便模仿着我的音也说"不走啦"，只是把升调改成了降调。

我拿出示意图，指着第二处旅馆，想问他们旅馆在哪里。他们不知道该怎么说，就用手指一指天空，然后又指一指地，再作睡觉的样子，那意思大概是，天黑了，星星出来了，我们就不走了，在这里过夜。

他们把捡来的干牛粪堆起来，男人拿出一只皮袋鼓风，女人拿出小铁壶，煮起茶来。我们语言不通，说不上话。我靠着石块的另一边默默地坐着。我穿得单薄，坐下不动后，冻得瑟瑟发抖。我于是开始哼歌，虽然五音不全，还是大声地哼唱，以此忘记寒冷。他们看到我冻得发抖，就给我一块薄毛毯。

他们喝完茶，在地上铺层薄布，弓起身子，趴在上面，身上盖块布，就睡觉了。我将上身裹在小毛毯里，坐在地上，一夜几乎没有再动过窝。

转了一天的山，很困，很饿，很累。眼皮不断打架，人迷迷瞪瞪，不时打一个盹，迷糊一会儿，但很快又被冻醒。一晚上都在打抖，风过时身子抖得就更厉害。冻醒的时候，我就整理一下小毛毯，裹紧身子，用脚跺跺地，防止脚趾冻僵。有一阵，飘过来一片乌云，把星星都遮住了。路上曾听一位僧人说今天肯定要下雨，我只好默祈，千万别下雨，不然岂不是雪上加霜。

最大的担心还是会感冒发烧，在高原上据说容易引起肺气肿和水肿。在这样天高皇帝远的地方，如果出现这种情况，恐怕就没救了。路上曾经听说，一位日本游客在阿里生病，花了一百万，从尼泊尔调来一架飞机把他运出去。我自然无法支付如此高昂的救命费用，一切只能听天由命。

7 月 29 日

当我在迷迷糊糊中听到鸟叫声时，心头一喜。睁开眼，天还是黑蒙蒙的。看表，已是 7 点。终于熬过了这一夜，没有冻死。起身，活动活动已经僵硬的四肢。当我能够依稀看出荒原上由前人脚步趟出来的小路时，就上了路。走了三刻钟，来到昨天一直想找的第二家客栈遵住布。

店家看见我一个人大清早出现在店门口，先是一愣，然后就明白是怎么回事。他客气地给了我一碗热乎乎的清茶。正喝着，藏族牧民夫妇也走进来，我请店家也给他们上两碗茶，记在我的账上。店家又问我想不想吃面。我说当然好，就又吃了一碗有肉有菜的热面。当我准备付钱的时候，店家指着坐在远处桌子边的一家祖孙三代瑞士游客说，是沾他们的光。原来我蹭的茶和面是他们雇的厨师为他们准备的。我谢过这家人，继续赶路。

太阳升高了，空气变得暖和，地面也被晒热，我挑了一处朝阳的山坡躺下小憩。醒来，觉得精神好了很多，又接着赶路。中午回到塔钦，一瘸一拐地进了村。傍晚下起雨，幸亏我走得快，在下雨前转完山。

回到村里，午饭时间已过，我喝了两碗酥油茶，吃了一碗方便面，满心指望晚上去食堂大吃一顿，犒劳和庆祝一下。晚上 7 点，到了晚饭时间，我赶紧出门。村子不大，只有前后两片。只是到处都是平房，模样都差不多。我希望能够顺着饭菜的香味找到食堂。可是前院后院来回找了两遍，还是没有找到。不得已，只好返回旅馆去打听。

等我终于在后院一间不起眼的屋子里找到食堂的时候，师傅对我说：“姑娘，你来晚了，米饭和菜都卖光了。”我挨个屋子找食堂的时候，还盘算着晚上点什么菜吃，没想到找了老半天，结果还是来晚了。那份懊恼和沮丧大概都一览无余地写在了我的脸上，善良的师傅看得不忍心，赶紧安慰我，说他正在给自己做晚饭，下面条吃，可以匀我一些。他象征性地收了我两块钱。我又遇到了好人。

吃饭聊天时，得知明天将有一辆客车早上去圣湖接香客，下午去普兰。师傅认识那辆车的司机，就主动帮我联系。踏破铁鞋无觅处，得来全不费功夫，我正想着如何在转完神山之后去游圣湖，这下问题就都解决了。

晚上读瑞典冒险家斯文·赫定的《亚洲腹地旅行记》。看他一个世纪之前是如何转神山游圣湖的，觉得很有意思，时钟在这些地方好像凝固住了，一个世纪之前的风景还依稀可辨。

7 月 30 日

也许是这两日转山疲劳的缘故，晚上睡得很沉。早上 7 点醒，天黑，屋子里没有电，摸黑收拾和洗漱。去普兰的车 7 点半出发，还差五分钟，听到隔壁院子里汽车马达发动的声音和喇叭声。我想，糟了，汽车可能开走了。想到大好的游圣湖机会被错过，不免懊丧。但心有不甘，还是背着行李往前院赶，想试试运气。当我从后院来到前院时，发现大客车居然还在那里等我。原来刚才听到的发动机声是师傅从前院停车场特意开到后院等我，发动车子的声音。不禁心头一热，又是一位好心人让我遇上了。

圣湖玛旁雍措在传说中是湿婆度过新婚之夜的地方。我们 10 点到达湖区的才地。天空里聚集了一些乌云，天色晦暗，湖水呈灰褐色。空气冷飕飕的。这时我看到同车的几位尼泊尔香客已经脱去上衣，正在往湖里走。他们个子都不高，瘦小精干，一位蓄光头，另一位后脑勺下留一截细细的小辫子。他们的身体因为空气的寒冷和湖水的刺骨而不断哆嗦，但他们坚定地往湖心走，走到湖水齐腰的地方开始祈祷和沐浴。

天色转亮，阳光不时穿透浓云，射出耀目的光束，将湖水照得晶莹闪亮。天空和湖水在明暗交织中显得变幻莫测。我拿出相机，希望能够捕捉光影的神秘变幻，而在圣湖的晨光中祈祷的香客剪影也被我无意收进了镜头里。

香客剪影

　　两年后，我因在藏北无人区遭遇车祸在家养伤，摄影家宗老师受出版社之邀编一本西藏画册，为了鼓励在病床上和骨坏死"亚癌"抗争的我，他挑了一张圣湖晨祷香客的照片。画册共收了五百多幅照片，其中有六幅后被一书商非法盗用，用作一套西藏丛书的插图。我的这张照片居然成为被盗六幅中的一张，让我啼笑皆非。盗用的事情后来不了了之，只是我用傻瓜机拍出的照片和专业摄影家的作品放在一起，一比较就显得特别苍白和单薄，我拍照的热情因此大受打击，很久都没有勇气去再碰相机。

　　乌云完全褪去后，天色大亮，艳阳高照，圣湖清晨的神秘也消失了。湖水变成宝蓝色，宁静，圣洁。远处可以看到连绵的雪山。

一队印度香客来到湖边，围坐一圈，在经师的带领下，一整个上午都在诵经。我们的客车就是来接他们的。我在湖边选了一个安静的地方，写了几张明信片，然后继续阅读斯文·赫定的书。面对圣湖读瑞典冒险家当年测量圣湖水深的故事，觉得很有意思，时空变得交错模糊。

下午 2 点离开才地，前往六十公里外的普兰。

快到普兰时，视野里逐渐出现绿色的农田和红色的农舍。普兰可以种青稞，所以有阿里江南之称。遥远的天际，群山起伏，白云缭绕。师傅说，近处的雪山属于纳木那尼山脉，远处颜色较淡的雪山属于喜马拉雅山脉，因为山远所以颜色淡，山的那一边就是尼泊尔。

我知道佛陀出生在尼泊尔的蓝毗尼。那么，山的那一边是否就是蓝毗尼？在我的想象中，佛陀出生的国度应该是蓝天、白云和雪山交融的地方，远处山那边的风景正是如此，应该离佛陀的故乡不远了吧？

下午 5 点到达普兰。普兰分老县和新县。我住新县的旅馆。去院子里的溪水边洗衣服。水急，一不留神，洗衣盆被水冲走。在院子里玩耍的孩子们找来各种各样的棍子，捣来捣去，居然把盆从水沟里弄出来。我于是把带来的大白兔奶糖都分给他们，聊表谢意。

傍晚去老县找饭馆吃饭，顺便去镇子上闲逛。普兰的大寺因为历史原因已经被拆毁，村口只有一座小庙。夕阳里，村民们赶着牛羊回家，经过转经筒，逐一转过，然后继续往家赶，牲口项圈的铃铛声逐渐远去。他们的生活也许从佛陀的时代开始就是这样，简单、朴素、虔诚，日复一日，年复一年，延续至今，没有什么变化。

7 月 31 日

今天是藏历六月四日，科加寺有庙会。我在镇边的公路上和当地人一起等过路的车子，等了一个小时，终于拦上一辆，上边站满穿着盛装去赶庙会的周围村落的村民。车开了一个小时，到达十七公里外的科加。先去参观科加寺，寺庙保存有和古格同期的精美壁画，可惜屋子里没有灯，我又忘记带手电，无法仔细欣赏。参观完寺院，随着人流逛街，赶庙会，道路两侧的店铺里摆满琳琅满目的商品。逛累了，在路边搭车返回普兰。

这两天一直都在找回狮泉河的车，带我来普兰的客车司机也在帮我找车，但一直都没有消息。

8 月 1 日

8月1日是解放军建军节。普兰人把八一节变成了盛大的节日庙会，四邻八乡的男女老少，穿着鲜艳的节日盛装，涌向普兰。临时舞台搭在医院旁边工商局的院子里，舞台中央挂着毛主席像。我到早了，院子里还没有什么人，于是去塘嘎的国际市场闲逛。这个市场据说有五百年的历史，有几排光线昏暗的土屋，里面有一些尼泊尔商人。买了一些藏香和几包饼干。

中午1点返回工商局的院子，演出即将开始。院子里面已经坐满了观众，围墙上，邻近的屋顶，甚至对面山坡上，也坐了人。孩子们穿得干干净净，漂漂亮亮，一边吃着零食，一边打打闹闹。年纪稍长的藏族妇女，戴着用传统图案花布做成的帽子，胸前挂着红绿宝石串成的项链，特别引人注目。

我遇到几位来阿里支边的大学毕业生，大家一边看节目，一边聊天，晚上又一起去饭馆吃饭。菜还没有上来，他们已经干完了两瓶伊力特曲，远离家乡和亲人的寂寞和乡愁，尽在不言之中。

普兰的节庆

　　晚上，捎我来普兰的客车司机特意过来告诉我，他的一位徒弟明早 5 点开一辆卡车去狮泉河，可以带上我。他们客气，没要车钱。

8月2日

早上5点来到约定地点，上车后得知，我们此行的目的是去救一辆因为大梁钢板损坏，失去制动功能，困在神山附近的卡车。找到那辆车后，我们的车拖着故障车，老牛拉破车似的上了路。走平路还好，遇到下坡，两辆车一起往下冲，还挺吓人。晚上到门士，去修车铺想找一个三角架，把拖车变成挂车，这样可以走得快一些，但没有找到。夜里，车陷到泥沼里，折腾半天才拔出来。凌晨1点在离巴尔兵站还有十余公里的地方宿营。

8月3日

早上起来后，先去兵站加油，司机们抱怨那里的油价昂贵，说简直像强盗。他们对那家兵站没有好印象，说在那里宿营连汽车备胎都会被偷走。我想起当初路过兵站的时候，师傅们坚决不让我一个人在那里住宿，原来事出有因。

加完油，重新上路。昨天的路多为山路，今天的路比较平坦，多为草地，车比昨天开得要快。傍晚在一个风很大的地方做饭，吃了今天唯一的一顿饭。临近狮泉河，路修得很宽，但却是搓板路，车子开在上面，咯噔咯噔作响，我们两辆车捆绑在一起，就更感到颠簸。

凌晨1点在大雨中驶入狮泉河镇。

五、走出西藏

8月4日

以前看西藏地图，一直觉得古格和普兰是最遥远、最难走到的地方，没想到我居然走到了。一直觉得冈仁波齐和玛旁雍措是介乎神化和现实之间的风景，没想到我也转了山，游了湖。在经历了旅途的劳顿和辛酸、激动和喜悦之后，节日的盛宴已经过去，阿里之行画上了句号。现在，我得面对一个富有挑战的现实问题：走出西藏。

一种方案是原路返回拉萨。但是我想自己恐怕很难再撞到同样的大运，很快找到回拉萨的车，找到那么好的车队和师傅。而且即使找到车，花七八天时间走重复路也意思不大。另一个方案是走新藏线，从西藏下到南疆。在北京时听人说这条路非常难走，也非常危险，似乎是条国防专用线。到了阿里，发现普通的卡车也跑这条线，是进出阿里物资的主要运输线。我决定试试运气，看看能否从新藏线出西藏。

晚饭的时候正巧遇到刚从新疆叶城过来的暨南大学学生，他坐货车在路上走了三天。我们互相交流信息，他告诉我新藏线的情况，我向他介绍去古格和转山的经验。饭后，他陪我在镇子里找去新疆的车。我们沿街走，看到路边有车，就上去打听。有一辆车第二天就走，但那是辆油罐车，犹豫之后，决定继续再找。

后来一个路人告诉我，旁边的院子里有一辆车，明天去新疆。去到院子里，看到一辆标有"交通稽查"字样的天蓝色东风牌卡车，打听到明天有两辆车一起去叶城，过了中午走。觉得比较靠谱，找到师傅，谈妥价格，付了车钱，约好第二天中午在同一地点上车。

8 月 5 日

中午如约去到昨天的院子里，车子还在，但车里没有人。去敲师傅家的门，怎么敲也敲不开。邻居帮我敲，也无人回答。邻居说师傅可能睡着了。过了一会儿，另一辆车的几位师傅来了，都是主车师傅的徒弟。他们说，师傅昨晚喝了一夜酒，今早 7 点才睡。没有想到遇到一位酗酒的师傅。但是找车不易，只能将就。

下午 1 点又去找师傅，他已经醒了，在吃中饭，说过半小时就出发。回旅馆取行李，又遇到暨南大学的同学。和他约好早上出发带他去普兰的师傅一直没有露面，他只好重新去找车。我们互祝一路平安。

我们的车到下午 3 点才上路。我的师傅中等身材，古铜色的脸，戴一顶米黄色圆形夏帽，穿藕色夹克，军绿裤子，脸上的表情有些漠然。

车开出狮泉河不久，沿途的风景变得荒凉。师傅说，我们已经进入无人区。不久轮胎爆裂，补车胎花了半小时。幸亏师傅不迷信，不然恐怕会把我赶下车去。

进入无人区后，师傅开始和我聊天。他开口问的第一个问题是："你有没有男朋友？"在从拉萨到狮泉河的八天时间里，加布师傅从来没有问过这样的问题。阿里师傅的问题，加上他漠然又带点阴郁的表情，让我有些不安。不过，出门在外，心还是宜大宜宽。我想了想，准备编段故事。

我非常爽快地答道："有啊，他在叶城等我。""那你们为什么不一起走呢？""他有事，先走几天。"我以为，这样一来，我就可以将师傅的好奇心应付过去。可是没有。他继续盘问道："那昨天的那个男生是谁？""我的同学，昨天刚从叶城过来，明天去普兰。"

我觉得我的故事编得还蛮合乎情理。自己虽然工作了几年，但身上还保留一些学生气，这一路出门，也多半和大学生们一起旅行，路上别人问我做什么，我就说自己是学生，通常都能敷衍搪塞过去。

这时候师傅又说话了："你虽然有男朋友，但也不妨碍再交其他的朋友啊！也可以在车上交朋友啊。"

我开始感到我的师傅有点难缠。但是出西藏要紧，我想自己还是尽量以礼待人，淡化处理。当然，话也要说清楚，避免产生误会和歧义。"我不知道你们的习俗。我是汉人，汉族女子只有一个男朋友，有了男朋友就不交其他的男朋友。"

听完我的话，师傅没有再说话，车厢沉默下来。车继续在荒原上行驶。晚上6点，停车休息，喝茶，吃肉，补车胎。一小时后重新上路，师傅让他的徒弟开车，自己跑到后面的车厢里休息去了。

路在两山之间走，因为雨季，变得更加坑坑洼洼。有一段路水积得成了小水塘，小师傅小心翼翼地把车开过去，安全过关。晚上10点到达日土县城。吃过晚饭，继续赶路。夜里2点在离班公湖不到一公里的山边宿营。

8月6日

早8点半重新上路。沿班公湖走，在清晨耀眼的阳光下，湖水显得宁静和晶莹。过了湖区，一路平坦，车子开得很快。中午在多玛喝茶吃饭。这一带水草茂盛，牦牛悠闲地低头吃草。出多玛，道路平坦，视线开阔，车子开得飞快，感觉是在西部片里。

车开得闷了，师傅又打开了话匣子。他问我："你是哪里人？""浙江人。""做什么的？""学生。""到这里来干什么？""暑假出来旅游的。""前几天，我刚刚带一个浙江女的从新疆到狮泉河。我没有要她的车钱。"

我昨天已经付了车钱，师傅此番话似乎话中有话。我赶紧说："师傅，我的车钱昨天已付给您了。我出门坐车是一定会付钱的。"

我想，这么澄清一下，师傅应当不会再产生误解和歧想。车厢重新恢复了平静。我们的车继续飞驶在荒原上。过了一会儿，师傅又打破了沉默："姑娘，你一个人出门，难道不怕被强奸吗？"

我似乎有预感他迟早会提出这个问题，不过当这个问题真的被提出的时候，我还是心里咯噔了一下。"不怕。"我故意显得满不在乎地答道。"你为什么不害怕？""因为我们在学校里学过法律。法律课上讲，犯强奸罪是要被判死刑的。"

我猜想他大概没有什么法律知识，所以就编了死罪的说法，想吓唬吓唬他。车厢里重新陷入沉默。但没过一会儿，师傅又开口了："你在狮泉河住哪里？""阿里饭店。""那个地方乱得很。不仅有强奸的事情，还有轮奸哪！"

师傅看来是要恶心人了。我毫不示弱地立即回答道："他们要是被抓到了，都会被判死刑的。他们难道不知道害怕嘛？！"

虽然我嘴硬，但心里还是开始担心。我渴望旅行，渴望去西藏，渴望走到阿里。我好像得到天助，遇到一群善良和快乐的卡车司机，从拉萨走了八天到达狮泉河，然后又到了古格，登上卓玛拉，游了玛旁雍措，一直走到普兰。

我没有想到我会在西藏搭货车旅行近一个月。一路上我幸运地遇到那么多好心人和善良的师傅。我一直觉得困难和考验来自自己的体能、耐力和意志力，来自天气、车况和路况，来自自然和外界，现在我第一次意识到，危险也可能来自人心，而且如果出现麻烦，恐怕会相当麻烦。

如果我不得已选择下车，等待我的将是世界屋脊上无人区中的无人区，荒山野岭，气候恶劣，野兽出没，能否存活将是一个问题。下车的决定还可能会进一步刺激师傅。和我们一起走的第二辆车上的三位小师傅都是二十来岁的年轻人，是师傅的徒弟。如果出现不测，他们会站在我这一边吗？还是会去帮他们的师傅？

普兰之后我没有再留下任何片言只字给我的家人和朋友，他们即使想找我也很难找到。一个人如果在这一带从地图上消失，他可以消失得了无痕迹。

我虽然开始做最坏的打算，但还想尽量避免激化事态，不到万不得已尽量不去考虑下车的方案。那么，有没有什么办法可以打断师傅的负面思维，逆转他的负能量？这时候，我想起赫定在书中提到，这一带生活着世界上仅存的野驴和野骆驼。我想到一招，决定试试。

当沉郁的表情又出现在师傅的脸上,他的嘴开始嚅动时,我立即大声嚷嚷起来:"师傅! 师傅! ""怎么啦? "

我很高兴成功地阻断了师傅的思维。"师傅,快看! "师傅顺着我手指的方向往车前方看去。"什么东西? ""你看,前面是不是野驴? "

听说有野驴,师傅一下子变得兴奋起来。"在哪里? ""那边,那边。"我尽量往荒原的远处指去。师傅仔细地观察了一阵子,很失望,说没有看到。我也很失望,说驴子可能跑掉了。车厢重新恢复平静。

过了一段,当师傅似乎又流露出负面表情时,我先有一搭没一搭地把话岔开,然后,在他说话的中间,又出其不意地嚷嚷起来。这一次,我换了一个动物,变成了野骆驼。自然,师傅又很失望,说自己什么也没有看见。我感到遗憾,说可能是我看错了。

当我第三次故伎重演的时候,师傅突然明白了什么,嘿嘿地笑了。从此,我们相安无事,师傅再也不提那些无趣的话题。

吃晚饭的时候,师傅的一个徒弟牙痛,腮帮肿得老高。我将随身携带的消炎药拿给他吃。这之后,他们对我的态度好了很多。他们用锅子煮了一些肉,请我吃,我不习惯,只吃了一些他们带来的糌粑。

晚 6 点,经过西藏和新疆交界的山口。地上立有一根长条形界桩,半米高,浅绿的涂漆有些剥落,字迹有些模糊,但还辨认得出来。一侧写着"界山达坂"字样,另一侧标出"6700 米"的数字,应指此处的海拔高度。界桩旁边有玛尼堆和经幡。当年拍的界桩照片至今保存,师傅们也说我们经过的一些达坂海拔在6000 米以上,但海拔 6700 米的数字也许有些夸大。后来在网上看到 2005 年所立的界桩,海拔高度为 5248 米,如果新界桩是在原来的位置上竖起来的,也许新的数据已经经过了修正。

过了山口，进入新疆地界。下雨加上道路狭窄泥泞造成堵车，车子排起长龙。师傅们不愿等，就开车从山坡上冲下来。路滑，车扒不住土，一个劲地往下冲，师傅喘着粗气试图控制住汽车。还好，车子没有翻掉，冲到接近山脚的地方终于被刹住，停了下来。

9点晚饭，10点继续上路。到凌晨1点，不见宿营的意思。到2点，车还在开。问师傅，师傅说这一带是新藏线上最冷的地段，他们将昼夜连续开车，一直开到叶城再休息。

8 月 7 日

凌晨三四点钟，我昏昏沉沉地坐在车里，打着瞌睡。突然间师傅把我摇醒了。我不知发生了什么事情，只听师傅说："醒醒，醒醒，快陪我说会儿话。这段路实在太难开了。"我迷迷瞪瞪地睁开眼，揉揉眼睛，习惯性地往窗外望去。窗外一片漆黑，狂风呼啸，透过车灯看到漫天飘着鹅毛大雪，雪片猛烈地砸向车窗玻璃。

师傅已经开了一整天车，自然是又困又累。看到我打瞌睡，他当然更容易犯困。在半夜里翻这样的大山容不得半点闪失，他的命和我的命现在都掌握在他手中的方向盘上。我赶紧没话找话地陪师傅聊天，给他打岔，让他保持精神头。

车沿着盘山路缓慢地爬行。当我们到达山顶时，往下看，看到山脚下很远的地方，一个小小的亮点正在缓慢地移动，漫天大雪使山脚下的汽车车灯变成了一个模模糊糊、若隐若现的小亮点。有了比较，才意识到山有多高，我们的车在山上走得有多远。

中午12点吃了今天的第一顿饭，饭后继续赶路。师傅告诉我，我们将连续翻越三座达坂，一座比一座高，翻过达坂就快到叶城了。这几处达坂都在修路。

翻达坂之前，师傅们事先把香烟准备好，因为有些地段修路的人故意设卡，借机向过往车辆索要东西。

每过一个卡都好像是打一场遭遇战。到了路障前面，师傅们赶紧递上香烟，然后迅速地冲过去。有一次设卡的人嫌给的香烟数量太少，双方还紧张地讨价还价一番。到下午5点钟，终于到达安全地带，师傅们一边煮茶吃饭，一边兴奋地总结战果，并为后面的战斗作准备。

晚上8点来到第二座达坂。我们以为又会遇到关卡路障，再打一场遭遇战，没想到这段路不仅路修得好，而且筑路工人也友善，还向我们招手致意。我们用了两小时顺利翻过这座山。

8月8日

凌晨2点，来到第三座也是三座山里最高的达坂。但实际翻山的时候，并不觉得山特别高，我问师傅原因，师傅说，这处达坂其实很高很陡，只是因为夜里过，才不觉得。师傅们通常都选在夜里过这座山，因为如果白天过，从山上往下看，人容易紧张害怕，发生意外。师傅这样说大概不无夸张，但或许也有几分道理。

翻过达坂，离叶城就只剩一百多公里。我们已经走过了最危险的路段，前面是一马平川的戈壁。师傅叫来一位徒弟开他的车，自己跑到车厢里去休息。

早上8点，我们抵达离叶城八公里的阿里驻叶城办事处。我出门在外已经整整一个月。和师傅告别时，师傅故作神秘地对我说："你不是学生。""那你说我是做什么的？"我反问道。"你是记者。"师傅很肯定地说。我没有想到师傅会把我当成记者。不管怎样，能够平安地走出西藏来到新疆，结果好，一切就好。

从多玛到红柳滩，在三百多公里长的无人区里，师傅们连续开车两天两夜，中间只是喝茶吃饭，短暂休息。他们过无人区和夜里翻达坂的经历让我充分体验了新藏线的危险。一位朋友后来告诉我，新藏线号称有"三快"——跑得快，挣得快，死得快，原来如此。不过，和七世纪三藏法师在这一带徒步旅行比起来，这些又算得上什么？！

到了叶城，时间还早，我决定去长途汽车站看看有没有当天去喀什的车票。很巧，有一班车半小时后出发。赶紧去买票，买完票，看还剩些时间，又赶到车站大门旁边的小摊上，买了一份手抓羊肉。

在阿里游历的这两周里，经常是饥一顿饱一顿，很多时候靠方便面、压缩干粮和饼干充饥。在过去的三天三夜里，吃的东西就更少。看到冒着热气、香喷喷的手抓羊肉，一下子就觉得特别饥饿。很大的一盘饭被我转眼间一扫而空。

从现在起，我再不需要满大街地找货车旅行了。今后的每一座城市都会有长途客车站，可以买票对号入座。道路也不再是崎岖泥泞、坑坑洼洼的山路、搓板路和车辙压出来的天然路，而是宽阔平坦、养护良好的大道通衢。我已经从阳光灿烂、人烟稀少的世界屋脊下到中亚西亚的草原、戈壁和绿洲。仅仅翻过了几座达坂，一切好像都变了。我又回到了充满色香味的凡尘俗世。

客车 10 点半离开叶城。车里坐满了人。我的座位在车中部，靠窗，邻座是一位姑娘。后排的座位上坐了两位中年男子，带着一个两三岁的男孩。车上路后，我因为又累又困，倒头就睡。

到了中午我被吵醒，是后排的乘客与我的邻座在争执。我实在没有力气去劝架，但是也无法袖手旁观。于是强撑起精神，转过头，把手伸向小男孩，逗他玩。人都爱听好话，我就说："这是谁家的孩子，这么可爱！"小孩子因为有人和他玩，自然高兴起来。后边的家长听到别人夸奖他的孩子，态度也和缓下来。

我松了口气，把头转向窗外。现在可以安静地欣赏新疆的风景了。我后来又

南疆喀什街景

睡着了，醒来的时候，车已经停在了喀什的汽车站里。时间是下午 4 点半。

我没有想到我会从西藏旅行到新疆，出门前没有做过关于新疆的功课，又不懂维语，人生地不熟地一下子来到喀什，很是茫然。出了车站，我跟着人群往前走，来到市中心，看到公园边上有一家旅馆，比较安静，就住了下来。吃晚饭的时候，经过一家书店，走进去。我急需一张喀什和新疆的地图，同时也需要了解一些旅游信息。

书店的主人是当年来支边的北京人，在新疆生活近三十年，熟悉当地情况。

我告诉他自己今天早上刚坐车从阿里下到叶城，然后到了喀什。我讲起早上车子里发生的事情，感觉是，在西藏转了近一个月，那里虽然条件艰苦，但一路走来总觉得单纯和温暖，心很静。新疆物资丰富，自然条件优越，但人多，声杂，从西藏到了新疆，有眼花缭乱之感，一时有些不太适应。

这个时候，从屋子的一角站起一个人。我进到书店后只顾和书店老板讲话，没有注意到这个蹲在地上看书的人。店主告诉我，那是一位山东青岛人，用一年时间徒步从西安走到喀什。互相打过招呼后，我们聊聊天，说说各自旅行的见闻。临走的时候他对我说，这几天在喀什没有什么事，可以给我当保镖。

我在喀什就这样有了一位义务保镖兼导游。在喀什的两天里，他带我参观了清真寺、香妃墓、大巴扎，最后把我送上了去库车的长途客车。

长途车头天下午 5 点半出发，第二天下午 1 点半到库车。到了库车，买了一张去克孜尔乡的车票，坐前往拜城的长途车，在克孜尔水库下车，然后在沙漠里独自一人步行一个半小时，来到克孜尔石窟。

之后，从库车又坐长途夜车，晚上 9 点半发车，第二天下午 3 点到吐鲁番。

第二天，游火焰山、高昌故城、葡萄沟、苏公塔，最后在夕阳中逛大漠中的交河故城。

游完吐鲁番，经乌鲁木齐去天山，游天池，洗尘，回到乌鲁木齐，结束了这次四十天的旅行。

2014 年夏天，将近二十年后，在纽约上州听一位西方学者讲《维摩诘经》英译本。讲座之后，他引导听众禅坐，边唱边说，其中说道："想象着你来到冈仁波齐，面对着白雪覆盖的山峰……"散场的时候，我在过道里遇到这位教授。我走过去对他说："教授，很高兴你刚才说到冈仁波齐，我曾经去那里转过山。"

教授停下了脚步，转过头来对我说："哦，那我们都是兄弟姐妹。"这当然是大教授的谦虚，我连忙答道："岂敢，岂敢。"

对于每一个去过冈仁波齐的人，不论他们是什么种族、肤色，信仰和国籍，在他们内心的深处，大概都会有一块地方，永远地留给了那座美丽圣洁的雪山，留在了卓玛拉。

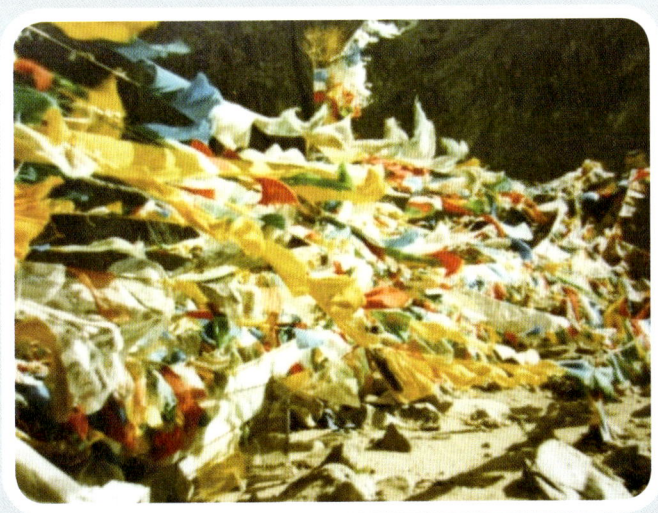

卓玛拉山的经幡

第四章

藏北遇险记

Aide—toi, le ciel t'aidera.

天助自助者。

阿里之行后，过了两年，到 1997 年，我新攒了四十天假，又可以出门远游，于是决定再去一趟藏区。我好像又听到了道路和旅行的呼唤。

因为已经走过青藏线和新藏线，这次计划从川藏线去拉萨。一位第一次去西藏的朋友想和我结伴而行，我对她说："这条路线太危险，我们还是在拉萨会合吧。"不幸被我言中。我和那位朋友虽然前后脚都到了拉萨，但是并未能会合上。她打听不到我的消息，一个人返回北京。No news is no good news，她知道我一定遇到了麻烦。

在旅行的第三十六天，在从位于藏东的西藏第三大城市昌都前往拉萨途中，已经上路三天的长途汽车在经过丁青和巴青交接的藏北无人区时，汽车发动机着火。我坐车厢尾部，跳窗逃命，因为窗高人挤，落地时不慎造成脚踝开放性骨折和其他两处骨折。幸好车上有两位军医和一名护士，他们用二锅头白酒消毒缝衣服用的针线，然后把伤口缝上。车修好后，又走了三天才到拉萨。我在人民医院住院八天，然后回到北京。

这次旅行是我第三次，也是最后一次在藏区独自旅行。

一、有惊无险走川藏

旅行从甘肃南部藏区的夏河开始。先从北京坐二十八小时火车到兰州，宿一夜，再坐七小时汽车，于7月15日到夏河县城。四年之前，我曾经来过这里，这次是故地重游。

从县城坐简易三轮摩托车的摩的直接去到桑科草原的住宿点。草原上很忙碌，因为过两天要举办庆祝香港回归的乡浪大会。在草原上游三日，然后返回县城，重游拉卜楞寺。之后，从夏河坐两个小时的汽车来到七十公里外的合作。

到合作的时候是傍晚，夕阳中的麦田和油菜花非常美丽。宿一夜，第二天一大早坐车去甘肃和四川交界的郎木寺。一百七十公里的路程，走了五个小时。沿

草原的诱惑

途的风景让我想起当时一本畅销小说的书名，《阳光与荒原的诱惑》，这里应该是阳光和草原的诱惑。天空高远、湛蓝，云朵白得几近透明。草原上开满黄色的小花，露珠在清晨的阳光里晶莹闪亮。

郎木寺的风景让人想到阿尔卑斯的山区。住乡招待所，二层建筑，有回廊，推窗可以看见山。和路上遇到的两位驴友一起进山徒步，遇到大雨，雷电交加。雨后天晴，继续徒步。忽然听到山前方传来欢呼声，原来是一群来山里采药的药僧。他们请我们喝他们现煮的茶，又教我们识别草药。回来的路上，大家唱歌，采草药，跑跑颠颠，欢声笑语一路。这是我遇到的最快乐的僧人。

离开郎木寺，坐手扶拖拉机到桥头，等了两个小时，坐上一辆去若尔盖的汽车。当年红军过雪山草地的时候，曾经走过若尔盖一带的草地。现在这里是大片

快乐的僧人

的牧场，牛羊成群。

县城好像十九世纪工业革命时期的小镇，尘土飞扬，没有特色。但是过了桥，走上十分钟，就来到炊烟袅袅的藏族村落。长着高草的草地被用木栅栏围起来，栅栏上糊着干牛粪。院子与院子之间是安静的小路，汲水回家的大妈慢慢地走在上面。村子里不时传来犬吠声。有世外桃源之感。

从若尔盖坐六小时的车到松潘。老城民居多为木屋，风格古朴。城门保存完好。第二天一早坐前往南坪方向的车前往九寨沟。道路崎岖，又赶上修路，车子还几次出问题，一百公里的路走了七个小时。

和两位在路上结识的驴友一起在九寨沟狂走疯玩了两天半，然后坐南坪至成都的汽车经松潘、茂县到汶川，在汶川宿一夜，第二天坐将近十小时的长途汽车，走了三百六十公里来到阿坝。阿坝一带的寺院在这段时间不允许妇女进入，只能在县城里转转，去阿曲河边走走。

从阿坝坐半日汽车到马尔康，道路基本沿着梭磨河走，沿途有不少羌寨。想从马尔康去甘孜，但是没有直达的车，只能先去丹巴。到了丹巴，还是没有去甘孜的车，只能先去乾宁。乾宁又称八美，据说清朝时有八位美女被选入宫，因此得名。到乾宁时已是中午，所有的过路车都已经经过，只剩一辆去道孚的中巴还没有走，于是就去了道孚。沿途是草地和森林，风景如画。我们已经进入藏区。

在道孚宿一夜，这里的藏式建筑色彩鲜艳，精致讲究。

第二天，吃过中饭，在街边饭馆和其他几个乘客一起等待过路车。去甘孜的车先到，飞驰而过，丝毫没有停的意思。接着去炉霍的车经过，可惜车上没有一个空位子。到傍晚，去白玉的车也是飞驰而过，我们几个等车的人立即冲出饭馆，追着车跑。还好，车上有空位子，车停下来，让我们上车。三小时后来到炉霍，在此宿一夜。

8月2日

早上4点半被旅馆院子里汽车发动机的声音弄醒。6点发车，11点到达甘孜。路上听人说甘孜治安不好，需要多加小心。

甘孜县城四面环山，山顶有积雪覆盖，雅砻江流过城市。建筑多为棚屋，没有乾宁和道孚房子那么讲究精致。

在镇口的邛崃饭馆吃中饭，这里价廉物美，服务态度和蔼。据说省里领导来视察工作时曾在这里吃过饭。饭后去参观县城最大的喇嘛庙。庙建在半山腰上，顺着小道爬上去，一位热心的藏族大妈亲自带路，一直带到寺院门前。可惜这个季节寺院不允许妇女进入。

晚饭还去邛崃饭馆吃，进门的时候，街对面汽车修配店的老板把我叫住。我们同一辆车到甘孜。寒暄之后，他问我找车的情况，表示愿意帮我找一辆既可靠又便宜的车去昌都。

8月3日

早上起来，看到旅馆的院子里停着几辆卡车，打听到是一支兰州车队，将去昌都。向站在车边的一位师傅打听是否愿意带我去昌都，师傅说不带外人，我就作罢。

在邛崃饭馆吃完早饭，就坐在饭馆的门口开始等车。一直等到下午5点，也没有结果。今天几乎没有什么车开进甘孜，可能因为是周末休息的缘故，也可能是路上哪里出现堵车。

等了一天车，无获而归，感到沮丧和疲惫。离开饭馆，准备去汽车站买明天去德格的车票。经过汽配店，和老板打招呼，又看到早上在旅馆见过的兰州车队师傅，正蹲在门口和人聊天。汽配店老板帮我说情，兰州师傅于是同意让我明天坐他们的车，一起去昌都。

8 月 4 日

早上 5 点半，听到院子里汽车发动机启动的声音即起。兰州车队一共有八辆车，大部队早上 6 点出发，但我的师傅和另一位结伴而行的师傅因为车况好，晚一小时出发。

从甘孜到德格有二百公里。晚 8 点过终年积雪的雀儿山口，海拔将近五千米。下山时天已黑，川藏线这一段不安全，黑夜行车有在荒山野岭行路的感觉，幸好没有遇到劫匪。夜里 12 点半到德格。可谓是披星戴月的一天。

虽然路途辛苦，但沿途风景让一切辛劳变得值得。我们的车运送的是沥青，货重，车开不快，正可以让我慢慢欣赏窗外的风景。从马尼干戈到德格一段，风景尤其美丽，绿色的山坡上开满野花，红色、黄色、白色、蓝色，有时是一片纯色的花海，有时则是各种颜色夹杂，有如印象派和点彩派的油画风景。

8 月 5 日

德格县城夹在两座大山之间，有河穿城而过。清代有德格王，统辖周围七县。

早上去参观德格印经院，但是夏季念经期间，妇女不得进入。失望而归。

10 点上路，因为天热，真正开起来要到下午 5 点以后。德格一带的山非常高峻。过了岗托，进入西藏，金沙江是界河。晚 8 点过矮拉山口，海拔有四千多米。山势和缓，草一直长到山顶，是很好的高山牧场。

晚 12 点抵江达。过检查站时遇到刁难，纠缠了一个小时。凌晨 2 点才睡。宿江达运输站招待所，六人一间，门没有锁或插销，也关不上。好在屋里还有其他女客，不用太担心。我的铺位正对着天花板上一只黑黢黢的大洞，一晚上都在担心会不会从上面掉下一只老鼠来。

8 月 6 日

因为无法判断昨晚落在后面的车子是还在路上没有到，还是已经开过去，走到了前面，我们的师傅早上迟迟没有动身，等到 11 点才上路。走了一百二十公里，翻了两座海拔在四千米的山，缓坡，开满野花，风景如画。夜里 1 点到妥坝。

和同行的两位兰州师傅逐渐熟悉起来。他们说起兰州土话，"慢慢地""柔柔地"，很柔和，带着黄土高原的幽默。两位师傅都是好心肠，好脾气。他们都说，这次出车是几十年来最糟糕最窝囊的一次，路是再难走不过，山是再大不过，车也是再烂不过。但他们互相照应，互相配合，没见过他们发脾气，或者叹气抱怨，实在是好人师傅。

下午翻山，有一段上坡路，没有一点树荫，车子顶着太阳的烤晒盘旋而上，吃力地爬坡，好像蜗牛一般爬行，走了很长时间。我问师傅车子为什么走得那么慢，为什么不能提高速度，尽快通过？师傅告诉我，坡长，太阳晒，货重，如果车速高，汽车水箱容易炸锅，所以得控制车速，还要不时下车往水箱上浇水，防止炸锅。

他还告诉我，正因为这段坡路很长，货车开得慢，这一带是川藏线上匪帮经常出没打劫的地方，因为他们有充分的时间爬进车厢里，把货物一件一件地扔出车厢，而司机如果势单力薄，对于匪帮的打劫往往没有办法，只能自认倒霉。司机一般都结伴而行，单枪匹马容易遭劫。

我问师傅有没有遇到过土匪，师傅说，曾经遇到过一次。当时，一个贼人窜上车，站在驾驶室外的踏脚板上，隔着车窗玻璃和他说话。师傅装作若无其事的样子，跟他聊天，不露声色地周旋。师傅先递给那人一根香烟，两个人一边抽烟一边拉家常。过一会儿，师傅又拿出饮料和方便面，一边招待，一边继续陪着聊天。那人吃饱喝足了，就跳下车，放了师傅一马。师傅说，那些人做土匪大概也挺闷，挺无聊，心理可能也紧张，你待他客气一点，把他当兄弟看，他可能觉得你这个人还不错，够意思，就放了你。

听完师傅讲他和土匪周旋的故事，我就讲起我从狮泉河到喀什的路上，用野驴和野骆驼引开师傅的注意力，躲开骚扰的故事。兰州师傅听后告诉我，他在甘孜开始不愿带我走，主要是担心这一带不安全，不想承担责任。后来看到我在路边苦等一天，担心我遇到居心不良的司机，于心不忍，所以才同意带我去昌都。

天黑以后，我们的车来到一片树林前。有一辆车已等在那里，待我们的车经过时，主动跟了上来。师傅解释道，前边要过树林，天黑以后，如果是单车，往往会在路边等其他车辆，结伴走，人多势众，相对安全一点。

晚宿妥坝乡运输站，没有水，没有电，没有厕所，没有门锁。我们找了一套里外两间的客房住下，两位师傅睡外间，让我住里屋。师傅说：让我们两位兰州老汉替你把门。

8 月 7 日

车队有几辆车油用光了，昨夜派一辆车去昌都拉油，到上午还没有回来。天下起雨，雨天翻山比较危险，师傅们决定休整一日，对车辆进行维修和保养，等车队到齐了再一起走。

傍晚雨停后，沿公路走了一个小时。出村不远有废弃的土楼碉堡。晚上在旅馆旁边的四川餐馆吃饭。这里出产虫草，每年采虫草的时间只有五月到七月的四十多天时间。虫草长在山里，不好找，当地人有时用猪去找，因为猪的嗅觉比较灵敏。最贵的头草得三千元一斤，我觉得新鲜，用二百三十元向店主买了一两次一档的头草。

师傅们连日开车，非常辛苦，晚饭的时候两人都喝了几两白酒，帮助休息解乏。晚饭后，整个车队的师傅们都聚在我们师傅的房间里聊天。11点，大家各自散去，回屋休息。

和昨日一样，师傅们睡外屋，我睡里间。外屋和里屋各有两张床，因为门没有锁也没有插销，我曾经想过是否用里屋的空床把里外屋之间的门抵上，可是觉得这样一来会给师傅们造成提防他们、不信任人的感觉，所以只是将门虚掩上。

高原夜寒，我钻进去阿里时使用过的一斤半重的睡袋，把睡袋的拉链从头到脚拉上，外面再盖上一床客栈的又厚又重、脏兮兮的被子，睡下。

午夜，正睡得香时，突然感到有一只手伸进客栈的厚被子里，触碰到我的睡袋。开始我不能肯定自己是否在做梦。有意思的是，那只手在碰到睡袋后，好像怔住了。Nikko睡袋的表面非常光滑，摸上去有丝滑的感觉。大概黑影本来以为手伸进被子里面会摸到人的衣服和身体，没有想到却摸到一团滑溜溜、软绵绵、好像蚕茧一样的东西，让他反而愣住。他可能以为遇到了妖精。

这时我也猛然惊醒，立即大声喊道："谁？什么人？"听到我的叫声，一道黑影冲出我的房间，消失在外屋的大门边。

我打开手电筒，发现里外屋的房门都大敞着。当我熄灭手电筒时，发现另一只手电筒的光还打在屋门上。我又打开我的手电筒，旋即关掉，那只手电筒的光也迅即消失。在黑暗中，我从床头可以看见，那道黑影就站在外屋大门的边上。

我大声地喊道："师傅！"两位师傅因为疲劳和晚上喝了酒，睡得很沉，谁也没有听到我的喊声。我又扯大嗓门叫道："师傅！"还是没有一个师傅应声回答。

门外，那道黑影还站在那里。我有些担心，如果再喊一声，师傅还不答应的话，门外的影子可能会大胆地闯进来。

我第三次铆足劲大声地叫道："师傅！"谢天谢地，总算有一个师傅听到了我的喊声，嘟哝了一句："怎么啦？"我说："有人进屋了！"师傅就说："哦，那你就用床把屋门抵上好了。"然后一翻身，又睡过去。

好在，师傅说话的时候，门外的黑影就溜掉了。我赶紧起来，用空床把里屋的门抵上。师傅们又睡着了，重新传出呼噜声。但是我怎么也难以入睡。

这时候外面滴答地下起雨来。里屋的墙上有一扇窗户，没有玻璃，用纸糊上。听着屋外的雨滴声和外屋师傅们的呼噜声，我心想千万不能让那个黑影发现纸窗户的秘密，然后提醒自己警醒一点，听着动静。但是没过多久，我扛不住困劲，还是睡着了，一觉睡到天亮。

8 月 8 日

早上起来，告诉师傅们昨晚的事情。师傅说，可能是昨天白天我在附近转悠时，被人注意上，所以夜里来摸哨。只是那人没有见识过睡袋，面对光滑、无缝、软绵绵、让他无从下手的睡袋，以为遇到了妖精，自己反而被吓住了。谢天谢地，也真得感谢 Nikko 睡袋。

早上 9 点出发，一直都在爬坡。幸好是阴天，没有烈日烤晒，不用担心汽车水箱炸锅。中午翻过第一座山，之后，堵车近两个小时。傍晚登上海拔 4888 米的达马拉山山顶，赶上大雨，道路极滑，开车非常危险，好在师傅艺高人胆大，安全通过。到了山顶，就可以看到山脚下被群山环绕的一个坝子——昌都。但看着昌都觉得不远了，城市的灯光也越来越近，可是车子却沿着盘山路一圈又一圈不停地绕着圈子，好像总也开不到似的。因为从山顶开始就在不断注视城市的灯光，当我们的车在晚上 9 点半终于到达昌都时，对昌都就有一种熟悉和久违的感觉。

8 月 9 日——14 日

昌都虽然是西藏第三大城市，但是当时给我的印象，就是前后两条主街。我在昌都等车等了一个星期，那两条街被我从东到西，从西到东，用脚丈量了无数遍。

我到达昌都时是一个周六，前往拉萨的公共长途汽车要过上五天，到下周三才有可能发车。我每天都在城里打听有没有其他客车或货车会早走，每天都期盼着会撞上大运，找到顺路车早点离开昌都，每天都空手而归。

到达昌都的第三天，在街上遇到河南编辑。我们第一次在郎木寺碰到，第二次在阿坝相遇，现在又在昌都遇上。

第四天，客车预计出发日子的前一天，得知去拉萨的车因为买票的人不多，被推迟到周五才走。茫然，拉萨变得那么遥远，不知在昌都得等到何时才能上路。

第六天，得知去拉萨的车第二天确定可以出发，赶紧去买票，但只买到车尾的座位，记不清是倒数第二还是第三排了。

二、丁青蒙难记

8 月 15 日

上午 10 点半，长途客车终于上路。预计得在路上走五至六天才能到达拉萨，中间相当部分要穿越无人区。出昌都后，翻海拔 4688 米的珠角拉山。翻过山，进入类乌齐县。这里山清水秀，青稞收获在即。晚饭的时候听说最近几日这段公路上接二连三地发生翻车事故，而这段路在穿越藏北无人区的黑昌线上还是最好走的一段。

8 月 16 日

下了一夜的雨。早上 4 点起床，天还下着小雨。原定 5 点出发，但到车站后，并没有看到出发的迹象，也不知几时能走。5 点一刻，师傅说可以走了，可是有人被落下，等人都到齐，这才上路。

雨天，道路泥泞。有一段路，轮胎打滑，师傅让大家下车推车，这样走了一段，才上车。不久，又得下车推车，上上下下折腾了好几次。今天的路上没有大山要翻，但非常颠。坐在车尾，有几次我被颠得头快撞到了车顶。

晚 7 点至丁青县城。晚饭的时候，路上互相熟悉起来的乘客聚在小餐馆里一起吃饭聊天。我和河南编辑以及一位藏族同学这两天一直一起吃饭，互相照应。乘客里有一位兽医和两位穿便装的军医。军医带了只鹦鹉，我就开玩笑说："你们是否也会兽医？！"没想到他们的"兽医术"后来还真派上了用场。

8 月 17 日

本来说早上 6 点发车，但到了点，并没有出发的迹象。天下着雨，无所事事，在县城的主街上闲逛。到中午，天开始放晴。有消息说下午 2 点出发。路上遇到去吃饭的师傅，问他何时走，他却不置可否。下午 3 点，车终于上路。

丁青附近风景优美。到丁青和巴青交界地带，开始进入荒凉的藏北无人区。

晚 6 点半，车过色扎乡不久，我正昏昏沉沉地打着瞌睡，突然间感觉到车厢里出现一阵骚动，只见车厢前面的人纷纷往车门口拥。司机旁边发动机的位置上蹿起火焰，司机和副驾正在奋力地扑火。客车只有一个门，位于车厢前部，前排的乘客纷纷夺门而逃。因为担心发动机起火后爆炸，坐在后排的乘客这时就打开车窗，跳窗逃生。我跟别人学，爬上窗户，准备往下跳。

翻出窗，准备跳之前往下一看，发现客车车身很高，窗户离地有不小的距离。后面的人担心油箱爆炸，都着急想跳，不断催促和推搡，我没有时间多想，两眼一闭，纵身跳下。

在我的双脚着地的那一瞬间，我知道，可怕的事情发生了。我尖叫了一声。记忆在那一瞬间出现空白。当我睁开眼睛时，我看到我的左脚和左腿已经不在一条直线上。"我的腿断了！"我木然地自言自语道。我的左脚在落地的时候卡进路边一个半圆形的土制排水沟，脚踝关节横脱出来，使我误以为自己是腿断了。

我一下子蒙了，愣愣地呆坐在地上。球鞋和小腿之间沾满灰尘的白色袜子上沿着伤口慢慢渗出一道长长的血印。

车厢里的人继续通过车门和窗户往外逃生。逃出车后就赶紧往旁边的山坡上跑，以防汽车爆炸。河南编辑跳下车后，把我抱到山坡上。大家坐在那里，没有人说话，只是沉默地注视着被发动机的火焰熏得发黑的长途汽车。

车厢里的人逐渐跑空了，司机和副驾还在继续灭火。几位胆大的乘客返回车厢，把大家的行李一件件地扔出来，转移到安全地带。

火势慢慢得到控制。等到火被彻底扑灭时，两位军医过来看我脚伤的情况。他们虽然有野战救护的常识，但真的需要处理突发情况，把人当兽对待，实施紧急救治，对他们其实依然不是一件轻松的事情。

两位军医商量了一下，分了工，开始处理伤情。一位军医帮我脱下伤脚上的球鞋和带着血迹的袜子，把脱臼的踝关节重新放回去。当我看到左脚恢复原样时，我也回过神来。

这时，第二位军医告诉我："你的踝关节虽然已经复位，但是伤口很长，如果不缝上，关节骨还会滑脱出来。"写这段文字的时候，我特意找出尺子，量了一下当年留下的伤口，有八厘米长。

可是到哪里去找缝合的针线呢？我想起行李包里带的小针线包。能不能用缝衣服的针线缝伤口？我们当时身处藏北无人区，离拉萨还有至少三天的路程，救命要紧，军医决定就用缝衣服的针线去缝。

我又想起自己还带了一小瓶 60 度的北京二锅头。我不喝酒，但在条件艰苦的地区旅行时通常都带上一小瓶烈性白酒，遇上吃的不对付，喝上一口，可以预防腹泻。这是山东老医生在刘家峡水库的船上告诉我的旅行小窍门。

乘客里正巧还有一位妇产科护士，她主动承担起用白酒消毒针线的工作。河南编辑又贡献出两瓶白酒，这样在缝合伤口后，可以用白酒清理创面，再抹上我自带的消炎药膏，盖上消毒纸巾，野战条件下的伤口就可以包扎上了。因为是骨折，还需要夹板对骨折部位进行固定。我想起我的地图册前后封皮都是硬纸板做的，就请大伙用我的瑞士军刀剪下封皮，做成两块纸夹板。至于绷带，那也好办，把我的布围巾一条一条地撕开就可以当绷带。没想到我的旅行包居然是个百宝箱，可以变成医疗急救包。

看到急救的东西都准备好了，军医就对我说："我现在帮你缝伤口。没有麻药，你得忍一下。"听到军医这番话，我的脑子嗡了一下。没有麻药让我想起小时候看过的"文革"时期革命教育电影《闪闪的红星》。

电影主人公红小鬼潘冬子的父亲受了伤，需要手术，当时苏区根据地因为国民党军队的封锁缺医少药，缺少麻药，这位革命硬汉就让医生在不施麻药的情况下给他手术。电影里，革命者躺在担架上，用两只手坚强地握住担架边缘，以大无畏的英雄气概忍受着没有麻药的痛苦，豆大的汗珠从他的脸上滚下。但他咬着牙，始终一声不吭。

我很钦佩电影里的苏维埃硬汉。但是我知道我做不到他那样。我从小到大都是乖孩子，不会调皮捣蛋，也不闯祸惹事，印象里从没有挨过刀，缝过线。有一阵时兴割扁桃体，割完扁桃体家长会给小孩子买冰激凌吃，我看着挺羡慕，可是医生说我的扁桃体长得好好的，用不着割，我只好打消吃冰激凌的念头。

现在，让医生在没有麻醉的情况下用缝衣服的针线来缝伤口，我能挺得住吗？可是毕竟保命要紧。我于是略带自嘲，也不无悲壮地对军医和聚拢在我周围的人说："军医大哥，拜托你帮我把伤口缝上。各位大姐，拜托你们按住我的手脚，让我不要乱动。如果我疼痛难忍，哇哇大叫，先对大家说声对不起，请你们只当没听见。"

我平躺在山坡上。太阳下山了，天际带着淡淡的黄色。我尽量让自己平静下来，然后紧紧抓住身边藏族大姐的手，对军医说："可以开始了。"

我准备好自己将感到撕心裂肺的疼痛，豆大的汗珠将从我的脸上滚下，我会发出疯狂的尖叫。

可是……可是……怎么啦？！

当第一针扎下去，挑起我的皮肤时，我居然感觉不到一点疼痛。好像只是风从冰冻的湖面上掠过，或者水珠从油纸上滑过。我可以感觉到军医手中的针挑起我脚上的皮肤，左右交叉，一针一针地把伤口合拢、缝上，我感觉到每一针的动作，感觉到全部过程，但就是感觉不到疼痛，只是人在大口地喘着粗气。

后来老中医告诉我，在遭受剧烈创伤后，伤口在最初的一段时间里处于完全麻木状态，所以人没有痛感。这也许就是创伤麻醉吧。

缝伤口的军医事后告诉我，他在缝完伤口后，自己跑到一边吐了。我想起路上对他们的调侃，问他们是否会兽医术。看来即使为了救死扶伤，真得做回兽医，那滋味也不好受。

在军医和护士对我进行野战救护的同时，客车的师傅们一直在修理着过火的汽车发动机。在无人区，事事得靠自己。只是没有人知道什么时候能够修好车，也不知道车能否被修好。

天色暗下来，寒气渐浓。路上开过几辆吉普车，每一次大家都帮我拦车，问能否把我带到拉萨，但每一次车停下来后又扬长而去。

后来来了一辆货车，但司机开口就要价两千四百元，还只送到附近的巴青县城。我出门在外月余，身上还剩三千块钱，留着准备买从拉萨回北京的机票。如果把身上的钱都给了卡车司机，后边的情况还很难预料，恐怕不是明智的选择。但是，想到自己在昌都等了一星期才等到长途车，放走这辆车，后面不知要等多少时候才能等到第二辆车，而第二辆车不知是否也会索取同样的价钱，甚至可能开价更高。在藏北无人区放走一辆车可能就放走了及时获救的希望，我陷入左右为难的尴尬境地。和大家商量，大伙七嘴八舌，也拿不定主意。

幸好这时司机说发动机快要修好了，我们的车不久可以重新上路。我不用再纠结。那辆卡车一直等在边上，看到我们的车要走了，才悻悻地走开。

晚 8 点，我们的车终于摇摇晃晃地重新上路。师傅们在发动机罩右侧的狭长空间里为我放了一张床板，这样我可以躺下来。我害怕发动机会再冒火焰，心里一直在祷告。车开得很慢，好像老牛拖破车，时速大概只有十公里。我不知道这样走得走多少天才能到拉萨，也不知道我一路能否坚持下来，伤口是否会感染。

客车在黑夜里又开了几个小时到八达，在路边的一家小客栈停下。我此时上下车都享受八人抬大轿的待遇，先由车上的人把我平送出车门，车下的人把我接住，再让人背走，仪式颇为隆重。我等大家都下了车才下。前面的乘客走得快，拣离车近的客房先住下。河南编辑和藏族同学轮换着背我，走得慢，落在最后。前面的空房一间一间都住进了人，他们背着我走了很长的一段路，一直走到客栈尽头，找到一间空屋子，才把我安顿下来。

休息之前，军医过来探视。他问我有没有带抗生素，我说有，他嘱我按时服用。他又问我有没有止疼药，我说没有，从小到大没有吃过。军医又问其他人是否有止疼药，别人说也没有。军医没有多说话，让我好好休息，说第二天早上再来看我。

在经历了下午跳窗的紧张慌乱和自以为表现还算镇定的战地救护之后，我的伤口在寂静的藏北无人区的夜晚开始苏醒。躺在路边小客栈的床上，我感到伤口钻心的疼痛，尖利刺骨。不是抽象的比喻，而是实实在在的钻心和刺骨。我这时才明白为什么军医问我有没有带止疼片。

在呻吟中度过一夜，一直到天快亮时才迷迷糊糊睡了一会儿。河南编辑和藏族同学一直守在边上，陪我度过这个落难藏北无人区的漫长的不眠之夜。

8 月 18 日

7 点钟醒。听见枝头喜鹊的叫声。睁开眼，看到屋外阳光明媚。天终于晴了。

军医过来探视，我告诉他自己昨晚痛得彻夜难眠，他说可以想象，所以当他知道没有人带止疼片时，就无语地走开了。

听说屋外停了一辆沙漠王子越野车，要去拉萨，我请照顾我的同伴们去找车主，商量能否把我带到前方巴青的医院。同伴们回来的时候，带来一位藏族医生。我把情况告诉他，希望能够得到帮助。他对我说，车上坐的加拿大夫妇是国外一家慈善组织的负责人，自己是中方陪同，也是一名医生，很清楚也很同情我的情况。但他需要去征求那两位乘客的意见。我说，我无法走路，如果需要，可以请他把他们请过来，我可以用英文或法文亲自向他们当面求情。

藏族医生离开后，再没有回来。那辆越野车不久就开走了。

喜鹊，你为什么要在枝头乱叫？

我继续坐我的那辆老牛拖破车的客车，慢慢向拉萨挪去。

经过一夜疼痛和无眠的折腾，我变得沮丧和敏感，情绪低落。无人区的土路崎岖颠簸，我虽然可以躺在临时搭起的担架床上，但车遇到土坑颠簸时，身体被颠得弹起来，然后落下去，伤骨再次受到震荡，往往让我痛得忍不住叫出声来。

令我头痛的另一件事是上厕所。路上的厕所多半是在地上挖一个土坑，四周用土墙或篷布简单遮挡。我无法正常走路，上下车都得八人抬轿似的抬下来，然后把我背到土坑前，再请藏族大姐扶着我，单腿蹲下，解决问题。简单的事情变得异常复杂。我只好白天不喝水，虽然抗生素还得继续吃。这样上路前和晚上到了客栈后解决问题，白天在路上就不用麻烦大家。

出八达后，进入辽阔的羌塘高原。下午 2 点终于到达盼望已久，好像已经盼了几个世纪，被我寄托了无限求生希望的巴青县城。但是眼前只看到几排土房子，医院也许就是其中的某一间。师傅说索县离这里只有三十公里，那里的条件会好些，建议我到索县后再去找医院。我于是把求生的希望又转到索县上。

巴青和索县之间要走一段非常危险的山路。下午 4 点，终于到达索县，直奔县医院。军医建议我去打青霉素，防止伤口感染。做皮试，进行得很快，快得让我还没有反应过来就已经结束。我有些纳闷，后来意识到，在把针头插进血管之前，他们越过了一道程序：用酒精棉消毒皮肤。我问护士，护士说：是啊，我们这里都是这样，不消毒。这里的针管也不是一次性的。我只好放弃了打青霉素的念头，继续吃自己带的抗生素。

医院有 X 光机，拍片之后，医生说踝关节已经复位，腓骨有轻微骨折，但这里机器老旧，看不清楚，建议我去拉萨后进一步诊断。

晚 8 点重新上路。夜里 2 点到达离那曲还有一百多公里的夏曲乡，宿交通站客栈。

8 月 19 日

早上 9 点上路，下午 2 点抵那曲。吃过中饭，继续上路。这一带天气寒冷，阴晴无定，时而是艳阳高照，时而下雪和冰雹。

晚 9 点抵当雄，住汽车站客栈。我的身体在坚持了两天两夜之后，开始出现反应，发起低烧。请来医生给我输液，输到夜里 2 点。

好在，拉萨已经不远。师傅说第二天中午就可以到达。我终于看到了隧道尽头的亮光。

三、拉萨八日

8 月 20 日下午 2 点，在车祸发生之后又过了三天三夜，我终于到达拉萨。从昌都出门算起，已是第六天。

到了长途汽车站，司机让大家下车。我问他能否把我送到医院，他说我的脚伤是我自己跳车不慎造成的，他没有责任，所以不能送我去医院。我只好下车自己想办法。河南编辑在拉萨有一位藏族朋友，他们联系上了，藏族朋友二话没说，约好在医院等我们。从此我有了一位藏族大哥。

我在西藏人民医院骨科病房住了八天。医院除了提供病床，其余的一切，从枕头、被子到脸盆、便盆，到一日三餐，都由病人自理。我在拉萨举目无亲，生活无法自理，藏族大哥和他弟弟一家承担了照顾我的全部任务。

住进医院后的第三天，总算找到了一位护工。她就在医院里工作，每天早晚和一日三餐时间到我这里来帮忙照料一下。她帮我从医院买了一只床上用的便盆。在车祸之后的第六天终于第一次排出了大便。但是护工在撒便盆时，因为我们两人第一次配合，不够默契，屎盆子有一半翻到了床上。护工让我把弄脏的地方空出来，她去找东西处理。

我以为她会去找一床新床单，没想到她回来时带来的是一大捆报纸。她先用报纸吸干水，把床单擦干净，然后在床单上铺上一层干净的报纸，就让我躺上去。我只能苦笑着遵命。我的衣服也弄脏了，可是腿上打了石膏，普通裤子的裤腿不够粗，穿不进去。我只好请护工按照处理床单的方式处理我的裤子。我在拉萨的医院里成了一个臭烘烘、脏兮兮的"屎孩"。

好在藏族大哥一家不嫌弃我。他们每天都来，带来吃的、喝的，特别是拉萨的酸奶，大概是当时能够吃到的最新鲜、最醇香的酸奶，带来欢声笑语，有时还带着朋友一起来，病房变得热热闹闹，开开心心。

在拉萨的八天里，无法出门，每天躺在病床上，看着金色的阳光照在窗外绿色的树叶上，只能借助想象去感受拉萨夏日的热闹和明快。但是藏族大哥一家给予我的照料和温暖，让我这个落难的独行客在拉萨从未有落魄异乡的感觉，让我对未来始终充满希望，不论前面将会遇到多少困难，还有多么未知。

我的家人辗转知道了我遇到车祸的消息。父亲让哥哥通过查号台找拉萨医院的电话号码，逐家医院、逐个科室、逐层病房地找人，不知打了多少长途电话，终于找到了我。我住的那层病房在走廊尽头有一部公用电话，他们的长途电话打到那里，护士过来告诉我，但是医院病房里没有轮椅，我无法走过去接电话，只能请护士转告我的家人，说我知道了，让他们不要着急。

因为伤情比较复杂，我还是希望能够及早离开拉萨，回北京就医。当时正赶上拉萨学生暑假结束、返回内地上学的高峰期，出拉萨的机票非常难买。住进医院的第六天晚上，有两位同事突然出现在我的病房里。他们来拉萨出差已近一个星期，第二天一早就要离开拉萨。从到的第一天起他们就听说有人出车祸受伤，但我们单位人多，所以他们没有多想，直到临走前一晚才得知是我受了伤，立即过来探望。

临走，他们问我有什么可以帮忙的。这是一句普通的客套话，但我还是问他们能否帮忙搞到一张回北京的机票。这个问题快成了我这些日子的口头禅，几乎逢人就问。

第七天一大早，我的同事在临出发前匆匆赶到病房，告诉我一个好消息：西藏旅行社的一位老总听说了我的情况，表示愿意帮忙。转机意想不到地出现了。

同事走后，旅行社派人到医院，通知我第二天大清早会有一辆车来医院接我去机场，从那里直接买票上飞机。票是去成都的。当时北京和拉萨之间没有直航，出拉萨最便利的办法是飞到成都，拉萨和成都之间每天有两个航班对飞。我在成都举目无亲，但是出拉萨的机票太难得了，我立即答应下来。一位朋友又联系上住在成都的朋友，后者愿意第二天在家随时待命，一旦知道我乘坐的飞机航班号后，立即出发去机场接我。我不用担心流落成都街头了。

我在拉萨的第八天，也是最后一天清晨5点半，旅行社的汽车如约来到医院。因为出发的时间早，藏族大哥一家头一晚没有回去，在医院里坐了一宿。医院不提供轮椅，他们只借到一副沉甸甸的木板担架。医院的电梯夜里停运，他们就用担架抬着我，沿着台阶一级一级地走下来，把我送上车。

出门之前，我把留有血迹的脏袜子扔进垃圾桶，用剪刀剪开又脏又臭的裤子，换上热天穿的裙子，换上一身干净的衣服，离开了医院。

天还没有亮，我们穿过还在熟睡中的寂静的拉萨城。7点钟到达机场，然后开始等待机票的消息。等到天已经大亮，第一个飞成都的航班已经起飞，还没有任何音信。旅行社的人到9点半才回来。他们告诉我，总算拿到了一张机票，但不是去成都的，而是去西安。能够飞离拉萨不是一件容易的事情，可是一个无法走路、连一副拐棍也没有的人，突然飞到举目无亲的西安，下了飞机，又该怎么办呢？但此时只能走一步是一步了。

藏族大哥在机场候机室里找到一辆轮椅，推我排队检票，到检票口被机场工作人员拦下。他们不允许他把我推到舷梯口，但是也不负责把我推过去，得我自己想办法。正在为难的时候，藏族大哥在人群里认出了去阿里从事文物考古和保护的摄影师宗老师，他肩扛一堆准备手提带上飞机的摄影器材，正准备登机。藏族大哥不由分说地将我托付给宗老师，而宗老师也立即把所有的器材都托运走，把我背上了飞机。

我就这样告别了藏族大哥，告别了拉萨。

坐上飞机，我才知道这架飞机其实只是经停西安，终点站是北京。立即和机组联系，机组又帮助和西安地面联系，希望能够考虑我的特殊情况，允许我继续飞北京。但是一直也没有得到答复。当飞机抵达西安时，西安机场还是让我先下飞机，在候机室里等待消息。幸运的是，等了一段时间后，我终于被允许重返机舱，继续飞往北京。

四、告别拐棍

我在傍晚飞抵北京。在拉萨没能碰上面的朋友已在机场上等候，接上我就直接去积水潭医院急诊室，重新拍片、正位、打石膏。医生确诊是脚踝关节开放性骨折，外加腓骨骨折。骨折的问题不算严重，真正的麻烦在于，由于是开放性关节骨折，关节里的距骨存在着较大的骨坏死可能性。距骨坏死没有有效的治疗办法，被俗称为"亚癌"。

面对可能终生残疾的危险，我开始四处投医。北京治疗骨伤最好的专家，一位在积水潭医院，一位在三〇一医院。朋友们帮我设法找到这两位专家。积水潭的专家告诉我——记不清原话，大意是——距骨如果坏死，可以使用手术办法将踝关节的三根骨头合并起来，骨头有了正常的供血就可以承受身体的重量，我就又可以重新站立和走路，只是我的腿和脚将形成一个永远的90度，形象上受些影响，但生活可以自理。

想到即使出现最坏的情况，我还可以生活自理，不至成为家人和社会的负担，我的心里有了底。

我又去请教三〇一医院的专家。他一开口就对我说："姑娘，一切都是一个哲学问题，看你去如何面对。"大专家的话很有意思，充满玄妙。他的建议是，如果出现坏死，可以通过手术换上金属关节，这样在风华正茂的年龄可以保证正常的生活和工作，过有质量的生活，等到金属关节使用几十年后被磨损时，再想其他办法。

幸运的是，这时我遇到了北京广安门医院原骨科主任李祖谟教授，中国中西医结合培养出来的第一代，大概也是最成功的一代医生。他已经退休，但还一周三次来一家退休名老中医诊所给病人看病。

他对我说，我不能保证治好你的脚伤，但是如果你信任我，给我一年的时间，我们一起努力，试试看。

骨折一个月后，去医院检查，得知伤情恢复得不错，一切在往好的方向发展。用缝衣服针线缝合的伤口终于被拆线，护士花了不少时间才将线头拆干净。伤口当初因为条件有限，缝得高低不平，血肉模糊，不过到了拉萨，以及后来回到北京后，医院都没有再对原始伤口进行处理，好像一个烂摊子谁都不愿意再管。

医生告诉我，我的伤口虽然看上去又脏又烂，乱七八糟，也没有经过正规的消毒，但高原上细菌少，加上我年纪轻，抵抗力强，伤口没有出现感染，实属幸运。踝关节一带皮和骨之间只隔着薄薄的一层，没有什么脂肪和肌肉，如果发生感染，我的踝关节恐怕就保不住了。我在不幸中算是万幸。

骨折两个半月后，医生允许我挂双拐下地走路。到第三个月，可以扔掉双拐走路。但到第四个月拍片检查时，一直担心的事情终于出现，距骨开始出现早期坏死的迹象。医生解释说，人的身体有百来斤的重量，脚在身体的底部，人站起来和走路时，两只脚承受着身体的全部重量。为避免开始坏死的关节骨被身体重量压迫变形，在治疗期间，我不论是站着还是走路，都必须使用双拐，只能使用右腿，左腿不能踩地，不能受力和承重。

一个喜欢背着包四处旅行的人，突然之间连正常的站立和行走都无法做到，大部分的时间只能躺在床上，蜗居在家。走路得挂双拐，依靠一条腿，一蹦一跳地走，这样最多只能走上几百米，走到小区的花园里晒晒太阳而已。日子一下子变得寂寞和冗长。生活的平静和乐观被打破了。

都说三十而立，我的三十岁生日却是在双拐中度过，我连正常的站立也做不到。

我跟着李老治疗了整整一年。每过一个月拍一张 X 光片，看伤骨有没有出现好转，还是恶化了，出现不可逆转的坏死。等待片子被冲洗出来的那一个小时是一段漫长和折磨人的时间。每一次都得先让自己做好心理准备，一遍一遍问自己：如果医生宣布距骨真的坏死，你真的残疾了，你是否准备好，精神上能否承受得起打击？打好预防针，才敢去听医生的诊断结论。

在很多个月里，情况虽然没有恶化，但也没有出现好转。自己的耐心被不断地消磨掉。在藏北无人区面对车祸的冷静和镇定，在拉萨住院时的快乐和达观，在北京前期求医的执着和积极，都在遭受侵蚀和消解。

有时觉得自己的承受力快要达到极限了，觉得非黑即白的了断，明朗的结果，不论好坏，可能会比这种漫无边际的等待更好受些。但是现实和生活就是如此，折磨和考验让你不想面对也得面对，不想承受也得承受，你别无选择，就像当时一本流行小说的书名写的那样。

李老的诊室里有两张床，他和助手可以同时给两位病人进行治疗。屋子里总是坐满了人，男女老少，三教九流，什么样的人都有。大家欢声笑语，交流着各自的生活体验和治疗心得。李老始终和颜悦色地对待每一个人，兢兢业业，从不敷衍。

我告诉他自己脚上的伤口是用缝衣服的针线缝合的，他则讲了一个他亲身经历的故事。那时他和医疗队去西北农村送医下乡，有一天，一位母亲带着十七八岁的女儿来找医疗队。她的女儿肚子一天天大起来，村里人流言蜚语，说她未婚先孕。母亲相信自己的女儿，恳求医生救女儿一命。

医疗队里没有妇科医生，能做外科手术的只有李医生这位骨科大夫。农村缺医少药，救人要紧，李医生破例同意进行妇科手术。手术的那一天，全村的人都好奇地聚集在屋外想看个究竟。手术成功了，从肚子里取出囊肿，李医生救了姑娘一命，也让流言蜚语不攻自破。

在治疗的后期，诊所来了一位因为摩托车车祸导致小腿胫骨骨折的病人。他的伤口创面大，血肉模糊。我有一次问李老，那个人的骨伤是否比我的厉害。李老说，他的伤口看上去比我的严重，但其实有办法治疗。我得的骨坏死现在还没有找到有效的治疗方法，所以被称为"亚癌"。要让骨头重新生长，医生的治疗只是辅助性的，关键还靠病人自己。

一年以后，我的骨坏死终于治愈。我告别了一蹦一跳走路的日子，重新正常地生活和工作。但是因为一年没有正常活动，腰肌松弛，腰椎不久滑脱，幸亏李老及时复位，恢复了正常。

我的脚伤治愈之后，过了三个月，李老不幸得了中风。我去医院看他，他的身体已经无法动弹。他是那么出色的医生，把我治好，也治好了无数的病人，可是却治不了自己。我不禁流下眼泪。看见我落泪李老也落泪了。临走的时候，他又说起那位尚未治愈的胫骨骨折病人，他还在惦记着病人，惦记着别人。

不久李老二度中风，抢救无效，离开这个世界。我成为他完成的最后一件作品。

如果没有遇到李老，我的腿大概会永远呈 90 度地走路。他不仅治好了我的脚伤，那间充满欢声笑语的诊室也成为我的心理辅导站，让我保持乐观和信心。

如果没有遇到那么多的好医生，如果没有我的父母和兄弟姐妹们，没有那些朋友们，还有那么多的好心人和热心人，不断地传递着爱心接力棒，给予我温暖、关爱和鼓励，很难想象，自己现在会是什么样子。

我一周三次去李老那里治疗，每一次一位北京大哥都会起个大早先去诊所排队挂号。那个时候专家号紧，去晚了号就挂完了。下午他再开车送我去治疗，风雨无阻，整整一年。他是一个喜欢爬山和户外运动的人，为了不耽误我周六的治疗，他把这一爱好戒了一年。

楼下的看门人，听说我找不到保姆，就让他的妹妹来照顾我的生活。

还有小区花园里认识的那些大朋友和小朋友。不去治疗的日子里，如果天好，我就会挂两根拐棍，一蹦一跳地慢慢挪到小花园里，在椅子上晒太阳。小花园里有不少蹒跚学步的孩子，和他们在一起可以让我暂时忘记疾病和伤痛，忘记日子的枯燥和沉闷。

有一天，一位爷爷走过来向我道歉，原来是他正在学走路的孙女淘气，看见我拄拐棍在前面走，小姑娘就在后面一高一低、一瘸一拐地模仿，让大人是气不成，恼不成。我听到这里也忍不住大笑起来。

小花园里还有一位七十来岁的阿姨，和我一样每天拄着双拐来晒太阳。我们成了忘年交。她的先生是《大公报》的编辑，长她十岁。他在西南联大上大学时，她在联大附小读书，后来就认识并结了婚。他们共同经历了政治上的风风雨雨，几十年来始终相亲相爱，相濡以沫。她帮先生抄稿子，抄了几十年，手指因此弯曲变形。先生去世以后，她病倒了，卧床两年，髋关节坏死，所以像我一样需要挂两根拐杖走路。

当我的骨坏死开始好转，左脚可以着地的时候，我看见小花园里有人在打太极拳，也想学。她曾经跟老子第九十代传人学过太极，得到真传，她担心我学走样，执意要亲自教我，一边挂着双拐，一边示范动作。我不忍心让她这样教我，找了一个借口没有再学，虽然很遗憾失去了获得真传的机会。

我好像一个吃百家饭长大的孩子，既苦命又幸运。我所获得的是我此生所无法报答的。

骨坏死治愈后，我恢复了正常的生活和工作。只是，虽然走路看不出问题，腿脚的功能却受到影响，腰椎也受到牵连，生活过得小心翼翼。偶尔出去郊游，遇到小坡，朋友都会来搀扶，怕我摔跤。

2002年初，在法国进修，学校组织去孚日山脚一个滑雪场滑雪。同学们都去滑雪了，我自然不敢存奢想，只选了最安全的项目，穿上雪鞋在山里徒步。徒步的向导有四十年滑雪的教龄，他问我为什么不去滑雪，我告诉他自己脚伤的事情，然后有些无奈地说："我从来没有滑过雪，此生大概也无缘滑雪了。"

老先生听了，问我："你能走路吗？"我觉得他的问题提得有些奇怪，就答道："当然能。我这不是在山里徒步吗？"他于是非常坚决地对我说："能走路，就能滑雪。"他让我下午先去初学者的训练场学会滑雪的基本要领，主要是刹车的动作，然后等他结束下午的徒步项目后就带我去滑雪。

下午收工后，他带我坐缆车到达山顶，然后让我拉着他的滑雪杆，跟在他后面慢慢地滑。因为他在当地做了四十年的教练，对滑雪场了如指掌，所以他一直是背对山路倒着滑，即使遇到山道转弯也是如此。他耐心、从容地指导我滑行和转弯，帮助我克服紧张和害怕心理，倒着带我滑完整条绿色山道。虽然绿道是最容易的雪道，但我毕竟绕山滑了一整圈。

这次完整的滑雪体验让我找回了自信，自自然然、高高兴兴地走出脚伤和拐杖的阴影。虽然我多少还心有余悸，后来始终也没有再碰过滑雪板，但是我重新开始运动，重新开始爬山。当然还得借助两根爬山棍，重新背包旅行。

我后来没有再去过藏区，虽然旅行的条件比当时一定大有改善。但是高地和山区对于我始终有一种神秘的吸引力，无论是南美的安第斯山脉，阿根廷、秘鲁、玻利维亚、厄瓜多尔，还是南非和莱索托的德拉肯斯堡山脉（Drakensberg），还是离开喧闹的纽约城，坐上公车用不上一个小时就可以到达的上州的山里。

有一次，在阿根廷的巴塔哥尼亚高原旅行，从南面的火地岛开始，一站一站往北走，来到中部安第斯山区的胡宁镇（Junín de los Andes）。走在街道上，一位印第安大妈过来向我问路。我只会一些简单的西班牙语单词，只好尴尬地说"No sé"（不知道），也确实是不知道路。不过事后想来倒有些得意，大妈大概把我当成当地人了。

有一生有一世，或许有很多生很多世，我一定是山民，大山里的山民。

而风筝断了的线，也许需要经历战后刚果的苦难，经历印度之行，经历身体的病痛和情感的挫折，一切的一切都经历之后，才重新续上。风筝又可以飞翔了。

第五章

漫漫舍卫路

Loué , sois—tu.

我有时会想，那些日后看起来不免有些大胆和冒险的旅行，那些念头和缘起是从哪里来的，种子是怎么和何时种下的。

或许这和我的祖籍地是浙江舟山不无关系。舟山和舍卫城、冈仁波齐都相距甚远，隔着十万八千里。它位于欧亚大陆东端，是东海上一座岛屿，由一个主岛和周围诸多美丽的小岛组成，其中最著名的小岛当属普陀山，中国佛教四大名山之一。

海岛上的人，和大海朝夕相处，大海成为他们生活的一部分，他们的生命也和大海密不可分。他们感恩，因为大海带给他们食物和生计，带给他们东海最好的渔场——舟山渔场。他们也懂得敬畏，因为面对大海的变幻莫测，一切的生命变得渺小和飘摇。但是他们并不因此惧怕风浪。

他们勇敢、坚强、虔敬，与生俱来地具有宗教感。很难说清楚，他们是因为靠近普陀山而耳濡目染，还是因为天生具有宗教感而营造出普陀山。当我在世界屋脊的青藏高原和安第斯山脉的高原深谷中旅行时，我会感到一种似曾相识的亲切和熟悉，也许是天性里的那种浓厚的宗教情结使海岛上的人和高地民族自然地具有某种共通和相似。

说来也巧，母亲多年后偶然说起，台湾作家三毛的故乡也在舟山，在小沙，和母亲老家大沙的青岙，大山里一座小村庄，相隔不远，翻过两座山就到。

我不禁想到三毛作词的那首歌，《橄榄树》，自己很喜欢哼唱，但经常唱着唱着就走了调：

> 不要问我从哪里来，我的故乡在远方。

> 为什么流浪，流浪远方，流浪……

三毛对于在八十年代成长和上学读书的大陆读者，特别是学校女生而言，她的人生，她的旅行，她的作品，都有着特别的吸引力。对我当然也不例外。当我读到她写拉美旅行的游记《万水千山走遍》时，想象着一个人能把万水千山走遍，简直羡慕极了。

对于舟山人，漂泊和冒险也许是他们天性中的一部分，还有浓浓的亲情、乡愁，以及对天地的敬畏。

我在六朝古都南京出生和长大。"南朝四百八十寺，多少楼台烟雨中"，写的正是南京，那时的金陵，作为南朝宋齐梁陈四朝都城佛教兴盛的状况。我上中学的地方离"四百八十寺"中的第一寺鸡鸣寺不远。可惜，那个时候的寺院经过"文革"的破坏，大多古风无存。

后来在北方生活，回忆江南，回忆那烟雨朦胧的春天，柳枝刚刚泛出鹅黄，有时会异想天开地想：如果在那"悠长悠长又寂寥的雨巷"尽头，能有一座佛寺，能够让撑着油纸伞的访客推开木门，进去禅坐，也许会别有一番意境。

每天放学的时候，我会去爬一趟九华山，一直爬到山顶。山顶是寂寞的三藏法师纪念塔，藏有法师顶骨舍利。我几乎每日都来，匆匆打上一个照面就走，无知，无觉。

第一次去到老家舟山的普陀山已是八十年代初上中学时。那时游客不多，景点介绍极其简单，有些被破坏的寺庙尚在修复中。印象较深的是普陀山的蓝天、白云、大海、沙滩，寺庙门前照壁上刻着的"南无阿弥陀佛"六个巨型大字，在阳光下格外耀眼夺目，还有就是大雄宝殿里那庄严巍峨的释迦牟尼鎏金铜像。

在很长时间里，想到佛陀，我首先会想到普陀山大雄宝殿里的那尊铜像，纹丝不动地伫立在大殿中央，高大无比，神圣无比，也遥远无比。

这个印象直到在北京上大学期间去山西大同实习，给旅行社当导游，第一次看到云冈石窟那些巨大的北魏佛教造像时才有改变。当时，为了向外国游客介绍石窟，事先照葫芦画瓢背了一些导游解说词，但其实完全是不求甚解，囫囵吞枣，很多东西不懂，无法理解，惟有内心感到震撼。这些石刻佛像因为年代久远，具有一种朴素和庄严的力量。它们展示了一种和江南寺院风格迥异的北方佛教洞窟文化，也让我知道，在不同的地方佛像会具有不同的风格和特点。

我在那时开始阅读对印度和东方文化有独到和深刻理解的德国作家黑塞（Hermann Hesse）的小说。给我印象最深的是 *Siddhartha* 一书，直译应为《悉达多》，中文译成《流浪者之歌》，大概是港台的译法。说到这本书，还有一段书缘。二十五年前，我的一位学长的老师，一位法国老医生，来北京开会，学长请我陪这位老师在北京参观游览。

法国老医生让我陪他去参观北京古观象台。我对古代天文一窍不通，法国老医生不知何故似乎颇有研究，反成了我的导游。他说过不少有意思的话，印象比较深的是参观之后，他借题发挥，说人走路的时候，不要只看着眼前，要以天上的星星作为参照。很简单的话，后来让我时常想起。

在回学校的路上，我们开始聊书。我告诉他自己正在看黑塞的小说《纳齐斯和歌德蒙》。他问我有没有读过《悉达多》，我说没有读过，因为当时黑塞的小说在大陆只有《纳齐斯和歌德蒙》这一本被译成中文。老医生年轻的时候曾经跟黑塞有过通信，他很高兴隔着半个地球、隔了一代人，还会有人同样喜欢这位德国作家。他回国以后就寄来《悉达多》的法文译本。我的法文没有那么好，有些地方看不懂，但这丝毫没有影响我阅读的热情和投入。

在读完《悉达多》之后的很长时间里，我都有种困惑，不知黑塞为何要让他书中的主人公和乔达摩·悉达多王子同名。他们各自追寻自己的精神轨迹，分明是两个不同的人。但是有些时候，作者又好像故意让他们彼此相像，似曾相识，变成了一个人。我一直好奇地想知道悉达多的精神轨迹和乔达摩·悉达多王子悟道之前的精神轨迹在多大程度上相似、重叠和交叉；也想知道悉达多的好友Govinda 去追随佛陀之后的精神道路。

1993 年，我第一次背包上路，去自助旅游。

那时，丝绸之路还不太热闹，我希望能够去拜访那些被悠悠岁月和漫漫黄沙湮没的石窟，同时去西北藏区走一走，看一看，参观一些佛寺。

第一站是敦煌。从北京到敦煌，需要先坐五十二小时的火车到甘肃柳园。开始没有买到火车硬卧票，只有硬座票，犹豫再三，还是把坐票给退了。我担心自己吃不了坐五十二小时火车硬座的苦。在火车即将发车前两个小时，突然得到消息，说买到了硬卧票，于是匆忙收拾东西，一路疾走加小跑，冲刺进入火车站，在开车前几分钟终于上了火车。旅行就是这样带着意外和惊喜开始。

两天两夜之后，在清晨 4 点到达柳园车站。从柳园又坐两个半小时的小巴到敦煌，天刚蒙蒙亮。坐上一日五游的旅游车一早来到莫高窟。莫高窟的门票分两种，甲票可以参观三十窟，乙票能看十窟，我准备买张甲票，在那里泡上一整天。出门的时候，天下起小雨。

兴冲冲地去买票，到窗口却吃了闭门羹。一位热心的保安告诉我，雨天甲票停售，至于乙票，需要看雨是否能停下来。心有些凉，默祈雨能早停，不枉我远道而来之苦。10点，雨总算停了。我买了乙票进窟参观。参观完毕，还赶得上一日五游的其他项目，就随车前往鸣沙山和月牙泉。

听说莫高窟不久将对普通游客封窟，我决定第二天再去一趟。天不下雨，顺利买到甲票。游客通常得跟着一个固定的团参观，但是多数游客都是走马观花，我看得慢，脱了队，看到有哪个窟开着门就走进去，景区的管理人员善解人意，也不阻拦我。中午闭馆休息，我去外面的餐馆吃过饭，又回到窟前的林荫树下，无聊地坐等下午重新开门。

午休时间快结束时，工作人员三三两两地回来上班，我又看见昨日在门口遇到的热心保安。他看到我坐在路边等下午重新开馆，便好奇地问我是否是学艺术的。我说不是，自己只是普通的游客，看得慢，想多看看，仅此而已。

他动了恻隐之心，愿意带我去看几个特窟。原来他是保安的负责人。他带我从最北端的晚唐石窟看起，一直看到宋窟。

记得，进入第四十五窟时，看到地上那些几乎簇新的唐代莲花纹石砖，情不自禁地蹲下身子，用手去抚摸地砖。当指尖触摸到那些千年之前石砖上凹凸起伏的花纹，顺着纹路慢慢移动时，我觉得自己好像触摸到了大唐的气息，大唐世界的大门好像砰然开启。我回到了唐朝。

每一窟都让人感受到宗教虔信的力量和温暖，令人震撼。那些生动传神、精美绝伦的雕塑和壁画作品，让人不禁想知道它们背后的艺术家，那些默默无闻的无名大师，想知道他们是些什么样的人，为什么会来到这里，怎么能够拥有如此巨大的虔敬和毅力，蛰居在只能听到驼铃声的茫茫戈壁一隅，面对枯寂的墙壁，创造出如此震撼的作品。他们让我想起黑塞笔下的雕塑家歌德蒙，他们是歌德蒙在古代东方的兄弟姐妹。

那个下午的参观可谓天赐良机，也许这也是冥冥中的缘分吧。

敦煌之后，本来想坐长途车去大柴旦，从那里转车去西宁，可是没有买到票，只好先去兰州。挤上一辆车，车上满是人，连过道上也站满人，余下的空间则被大包小包的行李占据。地上积了厚厚一层果皮和瓜子皮。

车到嘉峪关后，径直开进修理厂，修了五个小时才重新上路。过了不到十分钟，轮胎爆裂，换胎花了半小时。再次上路，但不久又让大家全体下车，汽车要进加油站加油。车进了加油站之后很快又出来。半小时后到酒泉，全体二次下车，车二次进加油站。原来酒泉的油价比嘉峪关便宜一分钱，所以师傅要等到了酒泉才加油。加完油，车开出不到十分钟后，再次停车，因为师傅们得去吃饭。

我们的车在嘉峪关一带好像陷入了魔圈，迟迟难以出关。我们最后用了三十多小时才穿过河西走廊来到兰州，这让我充分体会到西北行路之难。

从兰州坐了将近八小时的汽车来到甘南藏区的夏河。下午5点，来到藏传佛教六大寺院之一的拉卜楞寺。寺里规定，游客不得单独入寺参观，需要由僧人导游陪同和讲解。时间已近黄昏，见只有我一个游客，把门的僧人就推说门票挺贵，寺院即将关门，让我明天再来。我说，明天还会再来，但今天也想参观，想看夕阳中的风景。他们拗不过我，只好带着我这唯一的游客进去参观。不打不相识。参观结束的时候，僧人们要坐车去桑科草原，问我愿不愿意随他们同往。我心生好奇，欣然接受邀请。

在青山环绕、溪水流淌、开满野花的草地上，僧人们邀请我同他们一起踢足球。大家高声喊叫，大声歌唱，不时欢呼和起哄，踢渴了还有可乐和汽水喝。此时是藏历六月的浪山节，僧人们离开寺院来到草原上，住帐篷，结夏安居。这是他们一年里难得的可以率性肆意的时间，之后就又得回到戒律森严的寺院生活里。

踢完球，和他们一起吃晚饭。十几位僧人围成长方形在草地上依次坐下，我坐在最后边。饭是羊肉烩面片，装在一个大盆里，由一位年长的牧民给大家盛到碗里。吃完主食，牧民又拿来一桶新酿的牦牛酸奶，每人一小碗，然后从标有尿素字样的白色塑料编织袋里给每人抓一把糖，拌到酸奶里。我们一边吃饭，一边看着太阳渐渐隐下山去，月亮慢慢升上天空。吃过晚饭，和僧人们告辞，回到县城。

夏河之后，坐长途车经临夏到永靖，第二天在刘家峡水库坐船四小时，到达库区深处的炳灵寺，然后原路返回，在船上一共度过八个小时。一整天都在下雨，只看了下炳灵，上、中炳灵因为河谷道路泥泞，无法前往。

在回来的船上，大家熟悉起来，开始天南海北地瞎聊。乘客里有一对来自山东的老夫妇。老先生已年过八旬，鹤发红颜，精神矍铄。他是医学教授，年轻时曾经在燕京大学从事地下党领导的学生运动。他和老伴去年旅行了五个月，跑了九个省。今年打算沿丝绸之路一直旅行到新疆。

他给我讲了一个真实的故事。故事的主角是他的一位小学同学，出生大地主家庭，早年学英文，后抛家弃子，到甘孜红教寺院出家做了喇嘛。四十年代的《大公报》曾经发过文章，介绍这位从教授到喇嘛的奇人。这位教授喇嘛抗战时期在重庆蒙藏学院教书，编过《汉藏字典》。有人觊觎他的学术成果，诬陷他是日本特务，他因此被关押了两年。这是故事的前半段。

故事的后半段，老医生说，是从当年进藏部队的一位工委书记那里听来的。部队到达藏区时，找到这个人。工委书记和他交谈，但他沉默不语，一言不发。他身上的装束是寺院最低级喇嘛的装束，赤身，外面裹一件羊皮大衣。他后来不知去向。老医生说，如果他现在还活着的话，应该有九十多岁了。

听这段故事，我以为自己好像在读一本茨威格的小说。我不知道为什么老医生会在刘家峡水库的船上想起这位小学同学，不知他在藏区旅行是否多少有打听这位同学后来下落之意。

船上的游客，除了这对老医生夫妇，还有夏河一家单位的工作人员，出来集体郊游。我旁边坐着一对母女，女儿有七八岁。我没有带干粮，路上也没有地方可买，一天没有吃东西。船行水上，雨夹着风，让我感到饥寒交迫。母女俩吃饭的时候，那位母亲招呼我一起吃，我没有好意思，婉言谢绝。过了一会儿，那位母亲把牛肉夹进干馍，让她的女儿送过来。小姑娘伸出小手把馍递到我的面前，我赶紧接下来，充满感激。

当我把馍送到嘴边时，闻到牛肉有些异味。出门在外，旅途劳累，吃东西通常比平常谨慎。是吃还是不吃？我不知如何拒绝这对善良母女的善意，但又担心吃下去会出现问题，路上将会非常不便，心里有些纠结。坐在一边的老医生把这一切看在眼里，聊天的时候，有意无意地说，他在旅途上从不吃别人给的东西，并且出门总是带一点白酒，可以消毒，预防腹泻。

那天夜里，我开始腹泻。吃了几片黄连素，稍好一点。早上去赶 9 点半永靖到西宁的汽车，经过盐锅峡、兰州西固、红古、民和、尔都、平安，下午 3 点才到西宁。很多地方没有厕所，我不知道自己是怎么忍下来的，但居然也坚持下来，只是到西宁时，感到特别疲惫和虚弱。

后来在一行禅师的《故道白云》书中读到，佛陀在波婆城吃了施主用檀香树菇精心烹制的菜后，知道食物有问题，就请施主把剩下的蘑菇埋在地下，不要再给别人吃。在前往拘尸那迦的最后的一段路上，他特意请阿难转告施主："我一生中最珍惜的两顿饭，就是我证道前的一餐，和入灭前的最后一餐。他应该为给我供食了其中一餐而感到高兴。"佛陀的慈悲尽现在这段话里，也化解了我的肉馍纠结。

到西宁后，去湟中参观塔尔寺。然后去同仁，想参观隆务寺，但是寺院夏季念经，有一个半月时间禁止妇女进入，扫兴而归。后去五屯寺，遇到同样情况，也未能进去参观。这一带乡间风光秀美恬静，吸引了不少画家，在附近形成一个远近闻名的画家村。

之后还去了青海湖的鸟岛，可惜不是观鸟的季节，只能观湖。早上 7 点半出门，晚 9 点半返，一整天都在车里度过。但是沿途风景优美，让人不觉旅途枯燥。

回到西宁，饥肠辘辘，坐在街头夜市的小摊边，就着用小火放盐煮出来的清茶，吃了十串羊肉串，外加四两白酒煮肉，自己也不知道怎么会那么饕餮。

第二天，坐火车去天水，参观麦积山石窟，顺道拜谒位于古城秦城一家中学校园里的汉代名将李广墓。然后坐半夜的火车，坐了一天一夜，在凌晨 5 点到达北京。8 点，出现在单位的办公室里。假期结束了，又得上班了。

俗话说，万事开头难。第一步迈了出去，培养了信心，产生了兴趣，后来的一切就变得自然而然，顺理成章，成为接踵而至的事情。

于是就有了 1995 年的阿里转山和 1997 年的藏地之旅。

又过了十余年，到 2012 年，我和驴友来到了印度。旅行从首都新德里开始，然后从德里坐五个小时火车到拉贾斯坦邦首府斋浦尔，参观这座"粉色城市"（Pink City）。再从斋浦尔坐四个小时火车到阿格拉，游泰姬陵。阿格拉之后，又坐七个小时火车前往北方邦首府卢克瑙。最后一段火车旅行坐的是硬座，车厢里满是人，头上顶着东西的商贩不断在车厢走道里穿梭叫卖，让我回想起八十年代坐火车去北京上学的情景。

到了卢克瑙，和旅行社谈妥价钱，租到车，找到司机，真的上了路，我们悬着的心才放下来。探索之旅总算有了着落。

第一站是拘尸那迦，佛陀涅槃地。

我们在一个雨天的中午到达镇子上，街上空空荡荡，见不到人，单调，沉闷，没有生气。餐馆关着门，敲了半天才有人出来。一直到傍晚，雨完全停了，街上才出现一些推平板车卖蔬菜、水果和旅游纪念品的流动摊贩。

我们先去大涅槃寺。寺庙为纯白颜色建筑，寺后建有 19.81 米高的白塔。

一行禅师在《故道白云》书中写道：

在佛陀最后的日子里，佛陀和阿难走在通往拘尸那迦的路上。

印度的火车车厢

阿难问佛陀往哪里走，佛陀的回答很简单："往北走。"

一行禅师随后这样写道：

正如一头象王子知道自己时限已至而返回故土，佛陀也在他最后的日子向北而行。他不需要待抵达迦毗罗卫城蓝毗尼园才入灭。只是朝北而行，已经足够。对他来说，拘尸那本身就是蓝毗尼园园林。

阿难请求佛陀不要在拘尸那迦入灭，因为那里"只是一个到处都是泥房的小镇"。

我们在两千五百年后看到的拘尸那迦依然是一个"泥房小镇"。主街是一条宽阔的土路，两边是景区和商家店铺。

佛陀这样回答阿难：

> 阿难陀，虽然这里满是泥房居舍，但拘尸那也是个很重要的
> 地方。"如来"特别喜欢这里的森林。阿难陀，你见到落在我身
> 上的娑罗花吗？

佛陀最后选择在娑罗树林涅槃。1927年缅甸政府出资在这里建了大涅槃寺。

寺内供奉一尊五世纪的卧佛雕像，面朝北。当我在"地理大发现"之夜在地图上看到拘尸那迦和蓝毗尼相距不远时，我曾经想过，落叶归根，佛陀在最后的日子里是否也是想回到故乡？对于普通人，这是人之常情，但我当时没有敢往下想，不愿用世俗的想法去妄加揣测。在大涅槃寺，我终于知道，卧佛像中佛面都是朝北的，面向佛陀家乡的方向。

我们到大涅槃寺时，刚刚下过一场大雨。参观完寺庙和白塔，我们来到园中漫步。雨已停，园子让人感觉到一种特别的宁静和祥和。天色转亮。突然之间，一道太阳强光穿破浓密的云层照射下来，照在寺庙和佛塔上，照在新雨之后的娑罗树上，让人不觉为之震颤。过了一会儿，太阳重新隐入浓浓的云层，没有再显现。

已是太阳落山的时间，云层厚重，我们就离开了大涅槃寺，前往末罗人在七天后为佛陀举行葬礼、进行火化的安迦罗塔参观。

晚饭后，我们沿着主街再次走到大涅槃寺，隔着栅栏凝视被灯光照亮的银色佛寺和月光下寂静的娑罗树影。满月，皓月当空，大地一片宁静，空气透着寒意。我不禁遥想起两千五百年前的那个夜晚。

大涅槃寺

　　一行禅师在书中写到，在佛陀入灭的一刻，"大地震荡。娑罗花如雨般从天而降"。后来，阿那律开始带领大家诵经。接着他和阿难轮流讲述佛陀的一生。五百比丘和三百居士一直默默地聆听。拘尸那迦的末罗族人手持熊熊燃烧的火炬，和他们一起度过佛陀涅槃之后的第一个夜晚。

　　拘尸那迦的娑罗树林，正如我们亲眼所见，有一种特别打动人心的美丽。离开拘尸那迦的时候，我和驴友专门选了一些娑罗树种子串成的珠子，留作纪念。

　　从拘尸那迦我们驱车来到印度和尼泊尔的边境。虽然办了多次出入境签证，但是印度有三个月内不得两次入境的古怪规定，我们只能等到了边境才能知道是否能去到尼泊尔一侧的蓝毗尼，是否能完整地走一趟朝圣者之路。

幸运的是，经过一番殷殷陈情，边境官员允许我们离境二十四小时，扣下护照，待回来时取。

我们步行穿过边界线，进入尼泊尔。从印度的苏瑙里镇到尼泊尔的帕伊拉哈瓦镇，一路都是尘土飞扬，人来人往，熙熙攘攘。

当小公共汽车把我们带到蓝毗尼时，整齐密集的菩提树林让我们立即感到宁静和肃穆。我们在夕阳中来到和平园。蓝毗尼被一层薄雾笼罩，让人感到一种神秘的温柔和宁静。浑圆的落日，带着淡淡的红色，落在远处菩提树林的树梢上。

我在蓝毗尼没有看到想象中的雪山，hélas。但是在我的印象里，蓝毗尼正如那"蓝"字所寓意的，属于永远蓝色的风景。

一天后，我们重返印度边境，顺利取回护照，继续印度之行。

之后，我们去了舍卫城、瓦拉纳西／鹿野苑、菩提伽耶、灵鹫山、那烂陀，最后到毗舍离和帕特纳——阿育王时代的华氏城，结束了美好的探寻之旅。

《金刚般若波罗蜜经》是这样开始的：

> 如是我闻：
>
> 一时佛在舍卫国祇树给孤独园，与大比丘众千二百五十人俱。
>
> 尔时，世尊食时，著衣持钵，入舍卫大城乞食。于其城中，次第乞已，还至本处。饭食讫，收衣钵。洗足已，敷座而坐。

这段译文来自后秦鸠摩罗什所译《金刚经》。简约的语言，寥寥数笔，把我们带回到两千五百年前舍卫国都城舍卫大城近郊的祇树给孤独园，将肉身佛陀在一个寻常日子里过得和普通人一样的日常生活展示给读者。"饭食讫，收衣钵。洗足已，敷座而坐"，接下来，佛陀将开始讲法。

蓝毗尼菩提树

　　虽然佛陀讲述的是如须菩提长老所说"如是甚深经典"，虽然作为普通读者我不能充分理解佛经的高深和玄远，但是想到在舍卫城看到的砖砖瓦瓦，雾中树影，前有讲台、后有古井的讲法堂，被香客贴满金箔的金刚宝座，想到佛陀也和普通人一样吃饭、洗足，一样过普通的日子，我在阅读中会感到一份亲切，感到某种认同，我们与佛陀和佛经世界的距离被拉近了，那个世界似乎不再那么难以企及，不再只是大雄宝殿中央那尊遥远的鎏金铜像。

应当说，在未曾读到《金刚经》之前，在未曾读到越南一行禅师所著《故道白云》、未曾去到印度旅行之前，我从未想到佛经还能这样写，佛经和佛陀的世界还有如此亲切和生动的一面。

宗萨法师在其书中写到，佛陀在涅槃之前这样总结自己的一生：

> 诸位要告诉世人，有位凡人悉达多，来到这个世界上，他证得正觉，教导了证悟之道，最后灭入究竟涅槃，而非成为不死之身。

佛陀的这段话让我回想起旅行中看到的那些风景：蓝毗尼的祥和宁静，菩提伽耶的百鸟来朝，鹿野苑的古塔和废墟，拘尸那迦的娑罗树林，安迦罗塔的苍茫天穹，以及灵鹫山的气象万千。

只是，虽然我们的脚已经走到，我们的眼睛看到了，内心感受到了，但对于地标背后的风景、城市和世界，我们究竟有多少了解和认识？

对于佛陀曾经度过二十四个雨季、被鸠摩罗什称作舍卫城、被玄奘译为室罗伐悉底的那座印度北方邦消失的古城，对于由给孤独长者用黄金铺地换来，让我们度过一个如梦如幻、如痴如醉的上午的祇树给孤独园，我们真的看到了吗？真的感悟到了吗？真的到达了吗？

精神的修持，生命中的舍卫之旅，也许才刚刚开始。今后的路还依然漫长，没有止境。

我们始终走在路上。

十九世纪的法国诗人波德莱尔曾经写过一首诗《邀请去一起旅行》（*Invitation au voyage*），收入诗集《恶之花》中。手头没有其他中译本，权且自己动手试着来译，将原诗的意象在这里约略地加以转述：

我的孩子，我的姐妹，

想想去那里

一起生活有多么甜美！

尽情去爱，

爱并且死

在如你一般的国度里！

混沌天空

湿漉的阳光

对于我的精神

具有你背叛的眼睛

如此神秘的魅力，

透过泪珠，熠熠闪光。

那里，只有秩序和美丽，

奢华，平静和愉悦。

一些光亮，

被岁月磨亮的家具，

装饰我们的卧房；

最稀有的花卉

气味散入

琥珀隐隐的暗香，

繁绮的屋顶，

深邃的明镜，

东方的华丽，

一切都在那里

对着灵魂用

温柔的乡音窃窃私语。

那里，只有秩序和美丽，

奢华，平静和愉悦。

去看运河上

熟睡的小船

流浪来自它们的天性；

是为了满足你

最微小的欲望

它们从世界的尽头赶到。

——落日的余晖

给田野，

运河，整座城市

披上黄红和金黄；

世界睡着了，

在温暖的光线里。

那里，只有秩序和美丽，

奢华，平静和愉悦。

每个人在内心深处大概都有属于"那里"的地方。每个人的"那里"可能很不相同。有些人把它们化作笔端的文字或者画布上的作品，从此定格凝固在精神和艺术的想象空间之中。而那些喜欢在大地上行走的人，则会不辞劳顿，不怕危险，千里迢迢地去旅行，去经历、体验和感悟，追逐自己遥远的梦想。

从冈仁波齐到舍卫城，中间经过了十七年的时间。往前回溯，则半生已过，将近半个世纪已过。

这一路走来，看到很多美丽的风景，遇到很多美丽的心灵，经历很多美丽的故事。当然，也遭遇坎坷和磨难。这些人与事与风景共同组成我们走过的道路和生命的轨迹。

记忆有时已经模糊，细节可能搞错，或者张冠李戴，但那些刻骨铭心的片段，则始终历历在目，仿佛就发生在昨天。

2015 年的夏天，我又来到纽约上州，再一次听那位西方学者讲《维摩诘经》。这一次我有备而来，带上鸠摩罗什的中译本。

我的英文比上一次有了进步，能听懂的地方多了，对照中译本阅读也便利了我的理解。

自然，教授讲到了著名的第九章《入不二法门品第九》，文殊的回答"无言无说"和维摩诘的"silence"（"默然无言"）：

如是诸菩萨各各说已，问文殊师利："何等是菩萨入不二法门？"

文殊师利曰："如我意者，于一切法，无言无说，无示无识，离诸问答，是为入不二法门。"

于是，文殊师利问维摩诘："我等各自说已，仁者当说何等是菩萨入不二法门？"

时维摩诘默然无言。文殊师利叹曰："善哉！善哉！乃至无有文字语言，是真入不二法门。"

讲到这里，教授停顿下来。整个教室陷入一片寂静。教授家的白狗趴在教室中央，睡着了。

我的眼前重新浮现出灵鹫山气象万千的清晨和舍卫城浓雾中的菩提树影。

我仿佛又回到前有金刚宝座、后有古井的祇树给孤独园。我好像就坐在那里，看到须菩提长老从听众席上站起来，偏袒右肩，右膝着地，双手合十，恭敬地向佛陀提出他的问题：

> 善男子，善女人，发阿耨多罗三藐三菩提心，应云何住？云
> 何降伏其心？

佛陀对他说："善哉！善哉！须菩提！"然后顺着他提出的问题开始讲法。

远处，似乎可以隐隐听到那烂陀学僧嗡嗡低回的诵经声；听到卓玛拉的经幡被晚风吹动的扑簌声；听到从沙丘上缓缓走下的驼队传来的越来越清脆的驼铃声。

如果有前世，我希望，多么希望，自己是一个舍卫城的姑娘，每天清晨和母亲一起来到路边，等候佛陀乞食队伍的经过，好献上饭食，还有，还带着露珠的鲜花。

菩提树

后 记

这是一本关于旅行的书。回忆过去的旅行，所走过的道路，所看到的风景，将旅途中的见闻、印象、感受，付出和收获，快乐和辛酸，东拉西扯、絮絮叨叨地写出来，原汁原味，素颜素面，不加工也不修饰。

这也是一本关于挫折、困顿、失败和伤痛的书。写作的过程成为解脱和疗伤的过程，总结和重新认识自己的过程。

感谢我的父母，是他们的大爱，以及兄弟姐妹和朋友们的关心和支持，给予我坚持和直面的勇气和力量。

感谢几十年的朋友小华和惠敏夫妇，默默承担起从编辑、排版、设计封面到题写书名、作序到联系印厂的各种大小事宜，使我的书稿有了一本小书的最初模样。

它好像是自己的一个孩子，一个姗姗来迟的孩子。

感谢上苍，让自己在接近知天命的年纪收获生命里第一枚精神果实。

法国歌唱家 Edith Piaf 曾经唱过一首歌，她那时应该已经步入中年。歌曲一开始是一连串用热烈的声音滚烫送出的浓浓的大卷舌音：

Rien, rien de rien, je ne regrette rien.

中文的意思是，一点，一点的一点，我都不遗憾。

这一路走来，自己没少摔过跤，没少走过弯路，没少经历挫折。但是只要听从内心的声音，即使困顿，即使坎坷，也不必后悔，就像 Piaf 在歌中唱的那样，一点，一点的一点，都不后悔。

通往舍卫之路不是一条容易的道路。有时候以为走近了，其实还很远，很长。那些磨难和痛苦不过是成长、孕育和生产过程中所必须经历和承受的一切。

该流的眼泪都让它痛痛快快地流下来。然后，把不快忘却，把美好珍藏，过好每一天。

舍卫城部分文字完成后，我把稿子寄给驴友看。那时她已经放弃了化疗。她告诉我，读得很开心，一边读，一边笑。她总是那样善于鼓励别人，即使在病中。

在全书初稿行将完成之际，驴友离开了这个世界。她的亲人告诉我，她走的时候，非常安详，呼吸一点一点地减弱，直到最后，平静地停止。

朋友，好走。你让我知道，生命在离开的时候，可以这样精彩、美丽。

是种子总会发芽，是花朵就让它绽放。

谨以此书纪念驴友小卉。

二〇一四年十二月完成初稿

二〇一五年十二月定稿

1994 年 11 月 25 日，从成都飞往拉萨的航班上鸟瞰

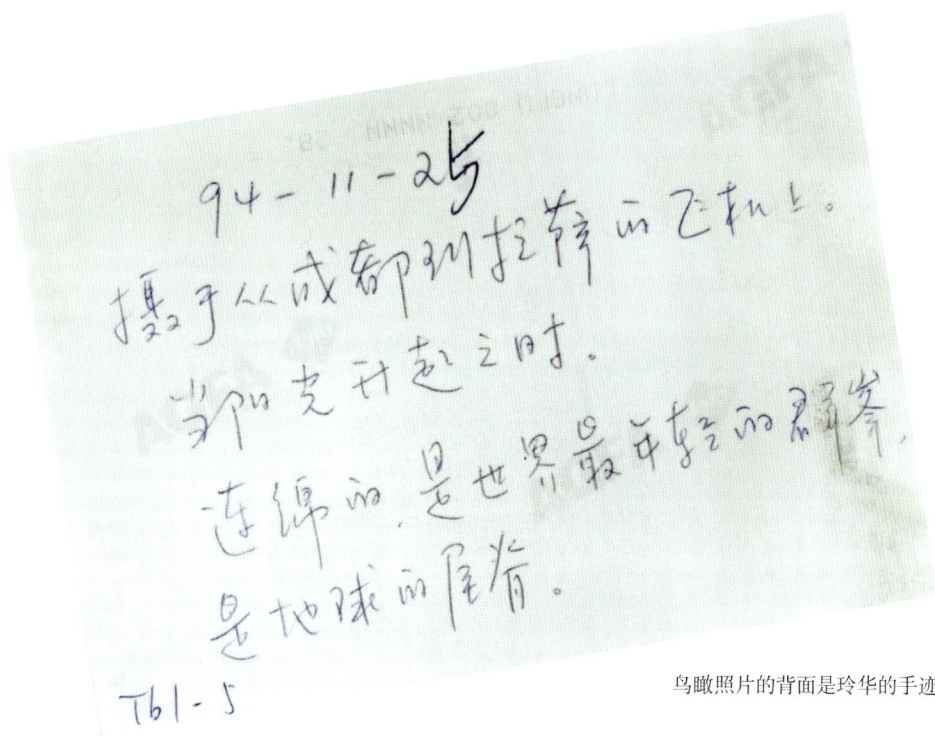

94 - 11 - 25

摄于从成都到拉萨的飞机上。

当飞机飞起之时。

连绵的，是世界最年轻的群峰，

是地球的屋脊。

T61-5

鸟瞰照片的背面是玲华的手迹

1994 年 11 月 26 日，摄于大昭寺。此次因公之行，促成了次年 7 月独自西藏之行

1995 年 7 月 16 日，从拉萨前往阿里地区

1995 年 7 月 25 日，古格王国遗址

1995 年 7 月 28 日，冈仁波齐峰转山途中

玲华日记手稿

（2012年1月12日，参观舍卫城祇园遗迹）

2012年1月15日结束舍卫城之行，摄于印度恒河

2004 年 8 月 18 日，秘鲁印加帝国遗址 Machu Picchu

2013 年 9 月 6 日，重游印加古道和遗址

2007—2008 年, 自愿参加联合国特派刚果 (金) 维和团

2008 年 1 月, 维和期间所见非洲儿童

1999 年摄于随同国家领导人出访法国期间
照片上方是法国总统希拉克为玲华的亲笔签名

2015 年 9 月 25 日，担任联合国大会翻译

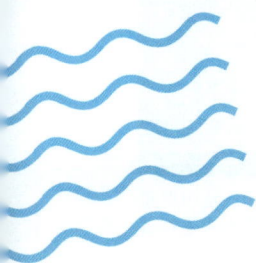

图书在版编目（CIP）数据

通往舍卫之路 / 孙玲华著. -- 北京：作家出版社，2023.1
ISBN 978-7-5212-1731-5

Ⅰ.①通… Ⅱ.①孙… Ⅲ.①散文集—中国—当代
Ⅳ.① I267

中国版本图书馆 CIP 数据核字（2021）第 274595 号

通往舍卫之路

作　　者：孙玲华
责任编辑：李宏伟　秦　悦
装帧设计：薛　怡
书名题字：余小华
出版发行：作家出版社有限公司
社　　址：北京农展馆南里 10 号　　　邮　　编：100125
电话传真：86-10-65067186（发行中心及邮购部）
　　　　　86-10-65004079（总编室）
E-mail:zuojia @ zuojia.net.cn
http://www.zuojiachubanshe.com
印　　刷：北京盛通印刷股份有限公司
成品尺寸：170×240
字　　数：174 千
印　　张：14
版　　次：2023 年 1 月第 1 版
印　　次：2023 年 1 月第 1 次印刷
ISBN 978-7-5212-1731-5
定　　价：78.00 元